JN123321

光陰矢の如し

Nakano Jiro
中野治朗作品集

澪標

光陰矢の如し　目次

装幀　森本良成

貞子

一

貞子との出会いのきっかけは大阪市立玉津中学校だった。

昭夫は店も「神武景気」とやらに乗って順調に規模が拡大して事務量も増え、同い年の女子事務員一人では、急に休まれたり結婚などで退職されたりすると、たちまち困るのではないかと社長や奥さんに求人を進言し、公共職業安定所の紹介で地元の中学校を訪れたのがきっかけだった。

応接室で待っていると担当先生が現れた。顔を合わすと
「あっ、池田さん？」

昭夫もにこにこ

「そうです。池田昭夫ですが、女学院の川口さんですね」

「ええ、ええ、奇遇ですわね」

「びっくりしました。私は今、こんなちっちゃな会社で働いてます」

「私、就職指導を担当しています」

と名刺を交換し、

「何年ぶりでしょうね」

「いや〜思いもかけませんでした。ここで再会できるとは……」

など、しばらくは懐かしい学生時代の思い出話を交わした。もう卒業後10年はこえていた。


学生時代、一駅しか離れていない大学と女子大で、二人ともそれぞれの大学で学生新聞の部長をしていて何かと交流していた。

本題に入ると、彼女は求人票を見ながら
「女子事務員の求人ですね」

「そうです」

と会社のあらましと求人の事情などを一通り説明。

「わかりました。バス停も近くて採用条件も問題ありません。ただ気になることが一つあるんです。残業はありませんか?」

「倉庫や配送関係の現場は残業は常套化してますし、ご覧の通り私も営業のほか求人に来る有様ですが、事務所の女性はほとんど残業はしていません」

「勉強がよくできて成績の良い子が一人いるんです。家庭環境で高校への進学を諦めています。私も家庭訪問して親御さんに進学させるように話してみたのですが、無理な様子でした。


そこでお訊ねしますが、御社で定時で終わり、責任もって定時制高校を卒業するまで通わせてやって貰えますか?


実は定時制への通学を条件に推薦したのに、いったん就職するとなかなか仕事が忙しくて遅刻や休むことが多くなり、中途退学してしまう例が沢山あるんです」

「やっ、そんな子、是非ほしいです。でも私が経営者でもありませんので、万が一にも約束を破るようなことがあれば、先生にもいや偶然にしても出会えた川口さんとの約束を守れなかったら申し訳のないことになるんで、帰ってよく社長に話しましょう。その上で責任もってご返事させていただきたいのですが……」

「じゃ、お返事お待ちしてます」

「それでは改めまして……　でもこんな出会いがあるんですね!」

店に帰ると社長が、どうやった?と待ちかねていたように話しかけてきた。

偶然の出会いも含めて一通り報告すると、横で聞いていた奥さんか
「私も同じや。高校へ行きたかったのに、貧乏で行かせてもらえんかったん。貴男もそうやろう」

「いや、俺とこはな、みんな中学あがったら跡取りだけが残り、他はな、みんな都会へ働きに出るもんやと思っとった。田舎はなぁ、みんなそうと違うか。集団就職できたぼんさんも、みな一緒や」

そこで、ではどうしましょうかと尋ねると
「そんな子かわいそうやな。うちで学校へ行かしたろ。おばはん、ええやろう」

「そら、あんたがええんやったら、私に異存あるわけありまへん」

と奥さんが答える
「わかりました。早速、明日にでも電話して、先生に会いに行ってきます」

昭夫はことが順調に運んだことを早速川口先生に連絡した。

ほどなく母親に連れられて来社したセーラー服の吉村貞子との面接も無事終わった。社

長の

「学校へ行けるよう。定時で帰れるようしたるから安心し」

という言葉に、終始緊張していた彼女の顔が一瞬笑顔でほころんだのが印象的だった。翌春には事務所の机が一つ増えていた。

二

中学あがりの若い女の子が一人入社するというだけで、事務机に椅子などを揃えたり事務所のレイアウトを変えるなど前日には大騒ぎをし、少し肌寒いがちぎれ雲が飛ぶ晴天の四月一日、定刻より早くみんなが顔を揃え、彼女の初出勤を拍手で迎えることにした。仕掛け人はもちろん昭夫だった。

社長から

「しっかり頑張ってや。分からんことあったら、みんなに聞いたらええんやで」

「この人が社長の奥さんで総務、経理を担当、隣のお姉さんは吉富治子さん、営業事務をしてはるんや。あなたも営業事務の担当をしてもらうんやが、お二人に色々教えてもらって下さい」

そのほか賄いのおばさんやトラックの運転手などを一人ずつ紹介し最後に
「そして私は池田昭夫、営業担当です。それでは吉村さんから皆さんに挨拶して下さい」

「はい、吉村貞子と申します。なにも分かりませんがよろしくお願いします」

拍手を受けてみんなの好奇心の的になって貞子は心なしか顔を赤く染めた。

少し離れている倉庫には昼食前に連れ行くことになった。昭夫は終わると直ぐに社長お譲りの古い単車で得意先廻りに出かけた。

昼前に帰社すると、真新しい濃紺の事務服を着た貞子が、吉富さんに伝票の記入の仕方を教えてもらっていた。

さぁ、倉庫へ案内しようと用意していると、社長が
「俺も行く」

ということで、三人で出かけた。倉庫は近鉄線の直ぐ近くですでに鶴橋から布施までが高架になっていた。

中卒で集団就職したぼんさんあがりの若者も成長し、次々と手作業から機械化、自動化していくのに充分に対応できる戦力に育っていた。

彼たちは待ち構えていたかのように作業を中断し、倉庫事務所に集まった。数人の作業

員を前に、社長は、

「分かってるな。お前ら、この子にちょっかいかけたりしたら許さんぞ」

わざわざそれを言いにきたんかと昭夫は、親父さんさすがツボをこころえてるなぁと驚きで社長の眼をみたら、これでえぇかという顔つき、後はお前が紹介せぇ、と言っているようだ。

「え、それで終わりですか?」

と問うと
「そうや、後はお前が話しせぇ」

一人一人、名前と仕事の担当とを紹介し、

「この子に商品の説明は私がするが、機械や装置は奥山君がガイドしてやってくれるか?ちょっと昼休にかかるけどかまへんか?」

「かまいません」

と少し緊張気味に返事が返ってきた。

あっという間に一週間ほど経ち、もうそろそろ中学の川口先生に現状を報告する時期かな、いや、もう少し経ってからでもと思いながら、営業で外回りと倉庫での明日の出荷準備の作業を手伝い、一汗かいて事務所に戻ると、奥さんと吉富さんがもう5時半をすぎているのにさえぬ顔つきで事務所に残っていた。

「どうしたんですか？　何かあったんですか？」と問うと
「さっちゃんのことやねんけど」

と奥さんが困った顔で
「実は、算盤がなかなかでけへんのよ」

「あの〜、足し算、引き算はええんやけど、かけ算や割り算がちょっとでけしませんね」

と吉富さんが口を揃える。

「あぁ〜　私と一緒やなぁ、そうですか、学校でちょっとだけ習う珠算だけでは役にたたんということですね」

と三人が頷いていたが、誰でもはじめはそうやし、この俺もまるででけへんやないか。でも事務の仕事には欠かせへんなと昭夫も人ごとでない気がして困った。夜間の定時制高校では教えて貰えるかもしれないけれどと思っていると、

「算盤学校へ行かしたら？」

と奥さんが。

「いや、定時制、休んでそっちへ行けとはいえませんよ」と答えながら、ひょっとして、

あれならと気づいて
「奥さん、社長が私が算盤できないので買ってくれたタイガーの手動計算機、あれやったら直ぐにできるようになるかもしれませんね」

「そらえぇけど、私らそんな機械、よう使わんし、あんた教えたってくれる」

う～ん、この上、仕事増えるのは困ると思いながらも
「まぁ、やってみましょう」

と机の引き出しの奥に眠っている手動式計算機を取り出していた。

余計な仕事が増えた分、自分のデスクワークはほとんど夕方から、事務所が空にになってからと七時、八時に終わるのが当たり前になってきた。

一方、貞子は当時としては珍しい、見たこともない自動機に興味をしめし、算盤の上手な人のスピードにはとても追いつかないが、正確に計算ができるようには直ぐなった。

月日が経つのは早いもの、はっと気がつくと単車での外廻りには不向きな梅雨時となっていた。昭夫は、いけない、川口先生に経過報告していないままだ、これはぬかったと気づき、直ぐに電話し、簡単な報告をしたが、久しぶりなので詳しい話は都合の良い日を選んで出会って話すことになった。

何年ぶり、いやもう十年ほど経っての再会は、肝心の貞子の会社勤めの様子と社長夫妻の可愛がりぶりの説明で簡単に終わり、懐かしい学生時代の思い出話に花が咲き、またお互いの現在の仕事についても話が尽きなかった。

「新聞関係にどうしていかなかったの？　失礼だけどどうして今のちっさなお店で働くようになったの」

と一言や二言ではとても理解して貰えなさそうにない鋭い質問と、

「と言っても、こちらの教師稼業も見かけより実は中身は大変なのよ」

と夕食をしながら、閉店時間までお喋りが続いた。

再会を約したものの、その後は毎年、中卒の採用で学校を訪問するわけもなく、自然とお互いに連絡することもなく疎遠になっていった。


時代は移り変わり昭和四十年代、いざなぎ景気から、ニクソンショックや第一次オイルショック、その間に大阪万博、札幌オリンピックなど激しい社会変動があったが、昭夫の勤める店も紆余曲折はあったが、ちっさいながらも商店から名実ともに株式会社と成長し、倉庫での手作業も年々自動化されていくなど大きく変わり、ぼんさん上がりの若者も成人、立派な若者として育ち、その中の一人、奥山徳造は昭夫の下で営業の見習いをするようになっていた。

貞子も定時制高校を無事に卒業、事務所でも吉富さんが結婚して退社したため、なくてはならない存在になっていた。

昭夫は、月二回第一と第三日曜しか休日がないのでは、まともな人材が採用できないし、仮にできてもそんな体質では長く続かなくやめてしまうと社長を説得、まずは全日曜と祝祭日は休みとし、客先の要望のあるときには最低限必要な者が出勤して対応するなど、タイミングをみて少しずつ労働基準法に添った企業にすることを目標にしていた。

休日が増えると、仲間同士でよく何処かに出かけるようになった。

ある日、社長夫妻も参加し瓢箪山や石切近くにあるホテルで昼食をし風呂にも入って枚岡神社にお参りもして一日楽しんだ。

その翌日のことだった。みんながおはようさんと笑顔で出勤してきたが、何故かさっちゃんと呼ばれていた貞子だけが浮かぬ顔をしていた。

どうしたんだろうと思っていると、昼休みに

「あのう、お話聞いてもらいたいことあるんです」

と貞子がそばにきた。

「会社でいいんか？」

と問うと首を横に振る。これは何かあるなと直感したので
「じゃあ、終わってから近鉄上六の改札で会おう」

頷いて顔をあげたとき眼が合ったがなぜかその目は潤んでいた。

三

駅には貞子が先に来ていた。

混み入った話になりそうだったので、今の時間なら人気の少ない屋上の広いビアガーデンの隅の方のテーブルがいいだろう。彼女も成人したし、少しは飲んだ方が良いだろう。その方が話もしやすいかなと問いかけると、頷いた。

アテにポテトフライと枝豆と小さいジョッキを二つ注文し、

「まぁ一口喉を潤してから聞かして頂戴」とジョッキを傾けた。

素直に貞子も口にしたが、ちょっと目を向けたと思うとうつむいてしまい声が出ない。

しばらく無言の時がたち、顔を上げると貞子の目は潤み見ているうちに大粒の涙となり、そのうちにしゃくり泣き出した。

「どうしたんだ、泣いているだけでは分からないよ、どんな事でもいいから、話してみ……」

昭夫は若い女性に泣かれている有様に、周囲の目が集まるのに狼狽していた。

ようやく小さい声で
「昨日、奥山さんに……」

で詰まってしまった。もう後は涙で声にならない。

奥山？　あの野郎なんかちょっかいしたなと直感。

「徳に悪さされたんか」

ひょっとしたら誰かにと頭の隅には想像していたが、まことにけしからん話だ。周囲の客からの視線を感じながら様(さま)にならない状態がしばらく続いたが、

「昨日、お宮さんの広場で解散してからか」

「はい、誘われて、石段登って……」

「ようし、どう始末するか、明日呼んで聴いてみる。お母さんには話したんか」

「いいえ」

「う〜んわかった。でも問題が問題やから女性の立場でどうしたらいいんか、俺にはわか

らんこともあるんかも知れへんから帰って家内にも相談してみるわ」

詰まっていたものを吐き出したからなのか、ジョッキを口にグイッと飲み、涙顔も少しずつ収まってきた。

「悪いようにはせんから、気を静めて、あんまり遅くなったら家の人心配するから、そろそろ帰ろう」

鶴橋で降りて家の近くまで送ってやるからと言うと
「もう、大丈夫です。ありがとうございました」

大分気持ちも落ち着いてきたような表情になっていたので
「気をつけて帰りや」

とホームで別れた。

さてどうしたものか、怒り怒鳴って、首にするのは簡単だけど、それでは解決出来ないのではないか、何もなかった事に元に戻せる訳もなく困り果てながら、初夏とはいえ湿度の高い夜道を家路に着いた。

帰宅したら
「お帰りなさい。今日なんかあったの？　ついさっきまで徳さん待ってやったのよ。なんか相談したいとか、言うてやったよ」

「そうか」

奴もえらいことしてしまったと後悔しているのかな、いや単なる言い訳かな。

四

翌日、終業後、徳造を呼んで話を聞くことにした
「実は、一昨日お宮さんの広場で解散してから奥の社にお参りしようと吉村さんを誘って……」
そこまで言うと俯いて黙ってしまった。
しばらくして昭夫が黙っていたらわからへんやないかと促すと
「無理矢理関係してしまいました」
と顔をあげ観念したかのように白状した。
「もともとその下心で誘ったんやな」

「いや、そんなことありません。でもいつの間にか……すんません」

と頭を下げる。

「俺に頭を下げても解決できることと違う。そのぐらいのことわからんのか。お前が夕べ、家にきているとき、貞子は大泣きしながら俺に話してたんや。取り返しつかへんで」

昭夫は昨夜からどんな風に始末をつけるのか考えあぐんでいたが当事者同士では当然のこと、中に入ってどう納めるのか、社長にそのまま報告すると早速、徳、首やと言うのは目に見えている。だけど店はそれで済むかもしれないが、被害者はどうなるのか、どうしてやれるのか頭を抱え込んでしまった。とりあえず徳の身元保証人になっている十三(じゅうそう)にいる兄さんに相談しようと思いついた。

「あのな、徳、十三の兄さんと相談せんとこれは解決でけへんで」

と至急、会えるように連絡させることにした。

それと社長や会社の人達にには絶対しゃべるな。そして貞子に対して勝手な行動も絶対しないと約束させた。

徳造は昭夫が入社した春に中卒で集団就職していた三人のうちの生き残りだ。伊勢の奥から来たこの若者は頭も良く仕事もできたが、直情型で直ぐに手を出してしまうタイプでトラブルごとも多く、もう十年も前のはなしだがトラブルに巻き込まれて辞めたいと言い出したことがあり、その折には大阪に出てきている兄さんに来社してもらい二、三度お会いしたことがあった。なかなかしっかりした人だという印象が残っていた。

徳はぼんさん上がりだが目先のことには敏感に反応できる素質があり、営業に向いていると見込まれ、昭夫のもとで働いていた。難点は要領は良いが今少し先まで考えて行動する思考力、判断力には、まだまだ問題があった。

時は岩戸景気と言われスーパーなどの大型店ができ、メーカーも消費者向けの新製品をどんどん開発していた頃だ。

会社も業績は良く、商品の加工設備の自動化とともに業績も上向いていて営業マンも含めて人手不足気味な時期だった。

徳の兄さんとも連絡がとれ、近いうちに会うことになった。

一方、貞子は、念のためにと昭夫の妻が心やすくしている産婦人科医院に一緒に行き、診てもらったが、今のところ心配するようなことはなかった。何か変化があれば直ぐに来院するようにということで本人も安心したのか、大夫、落ち着いてきたよと聞いていた。

五

「ご無沙汰しております奥山徳造の兄でございます。この度はまた、徳造が大変なことをしでかしましてなんとも申し訳ありません。何とか親代わりに先方さんへもお詫びに行き、また今後の事にも相談させて頂きたいと思い、とりあえず電話させて頂きました。誠に勝手ですが、こちらも勤め人ですので少し先になりますが、日曜日の午後にお目にかかりたいのですが……」

と二日後に電話がかかってきた。

受話器をとったのは貞子。側には社長の奥さんもいて、何があったのかと怪訝な表情が走るのを昭夫は感じた。

電話を切ると奥さんに目配せし、応接室で先日来の出来事のすべてを報告した。

「そうだったの。私もあの娘の様子が気になっていたの。それで徳さんのお兄さんからどう言ってきたの？」

「親代わりに吉村家を訪ねお詫びに行ってきます。その上で徳造は会社から処分されても仕方がありませんが報告とお詫びをしたいのでよろしくと言うことですかね」

「そう、困った事になったわね。どっちも今、店にとって大事な子達やし、社長の耳に入ったら、その場で徳造をやめさせるのは目に見えてるもんね。さっちゃんも居づらくなるやろし……」

「直ぐに報告せずに済みませんでした。何とか良い方向に始末できればと……」

「い〜やいや、あんたの奥さんまで巻き込んで偉い荷物を背おわせていたのね。知らなかった事やけどご免なさい。徳さんの兄さんと会った結果は直ぐに教えてね。さっちゃんには池田さんから聞いたよ、でもあんまり心配せんように言っとくわね」

「よろしくお願いします」

「日曜日の午後、鶴橋駅前の喫茶店で徳造を連れたお兄さんと会った。

「いやいや丁重なご挨拶で恐縮ですが、吉村家での反応はどうでしたか」

「思っていたよりお母さんは冷静で、一通りのお詫びを聞いて頂け、その上で、のこのこと付いて行った貞子も貞子で、あんたもあんたやでと話してましてんと予想もしなかった意外なお話を頂き、正直なところほっとしました。今後、徳造がどうなるのか、会社の意向はわかりませんが、本人には再び迷惑をかけないよう、貞子さんに近づかないよう固く申し渡しておりますと深くお詫びして帰って参りました」

そして貞子のほうも、会社はできれば辞めたくない。今のままで仕事が終わると経理学校に、休みの日にはお茶、お花の稽古にも行きたいと勝手なことを申しておりますが、出来ましたらそちら様からも池田様によろしくお伝え下さい」とのことだった。

「そうでしたか。でもあなたが出向いて丁重にお詫びされたことが先方さんに伝わったのでしょう。取りあえずよかったですね。いずれ社長の耳に入ることになると思いますが、両人とも会社に残りたいという意思があるようなんで、しばらく様子を見させて頂くことになると思います。ご苦労様でした」

と別れた。

あれからもう何十年経ったか？　貞子と初めて出会った頃や、成人した徳造とのトラブルがあった時などが走馬燈のように年代を飛び越えて夢の中から蘇ってくる。そんな晩秋のある日の午後、一通の喪中ハガキが入った。

六

享年七十六歳で妻、貞子が亡くなったと書かれた奥山徳造からの喪中ハガキにしばらく釘付けになってしまった。

ここ二、三年、こちらから近況を届けても、徳造名義のありきたりの年賀状しか来なくなっていた。仄聞したところでは、あっちこっちの病で入退院を繰り返しているらしい。その徳造が存命し、まさか貞子が先に逝くとは信じられないとの思いが募り、電話してみた。案の定呼び出し音がしても繋がらない。やはり彼も入院しているのだろうか。

昭夫は一九九八年、七十歳を期に大手商社から出向した社長に後事を託して実業から手を引いた。

一方、徳造は自立し、その会社を立派に成長させ、長男一郎に後を託していた。一郎は全く父親似でスポーツ用品店「ミズノ」の営業マンとして実績を残し活躍していたのを無理矢理、跡継ぎにさせていた。

徳造は二言目には「いつまで経っても先輩に追いつけない」と悔しさをあらわにして、いつの日か追い越すのを目標にしてきたと電話でいつも話していた。

昭夫が
「とうに追い抜いてお前さんの方が、お金持ちになって成功してるやないか」

と答えるやりとりはいつの頃だったんだろう。

貞子との結婚の際のあのドタバタ劇も忘れられない。

双方から本人達の気持ちを聞き、それはよかったと納得、社長夫妻に報告、仲人を依頼した。だが、昭夫が結婚式を挙げる時もそうだったが、社長自身式の経験がないので結納から式まで、セルフサービスさせられた。徳造と貞子のことも頼むの一言で丸投げされてしまった。

昭夫は結納を納める日の前日まで、商用で東京にいた。その日のうちに帰阪する予定が、取引商社、大手鉄鋼メーカーの人達との会食が急に入り、慌てて予定を変更しホテルと飛行機の朝一便を予約した。

予定通り羽田から大阪経由福岡行きに乗れたが、間もなく大阪だという頃になって機内放送で大阪伊丹空港の上空は雲が多くて視界が悪く着陸出来ません。このまま福岡に直行しますとのこと。ちょっと待ってくれ、それでは午前中に済ませないといけない「結納」に間に合わないのではと慌てたが、空の上ではどうしようもない。

諦めてふと窓に目がいくと、あっ瀬戸内海、四国、今治と視界が広がり素晴らしい景色だ。これはこれは、無料で往復し上空から瀬戸内を観光できるではないか。直ぐの便なら「結納」の時間にも何とか間に合いそう。ラッキーと思えたのも束の間、着陸すると直ぐに空港の出発便コーナーへ、すると次便は予約で満席です。その後の便に別れて乗って下さいとのアナウンス、冗談じゃない！　とカウンターに事情を説明したがＯＫしてくれない。諦めきれずカウンターのチーフに話すと「お一人様ですか？　お待ち下さい」と何とか席を確保してくれた。

粘り強くやるものだ。良かったなとまた機上で下に見える瀬戸内や山々を楽しんでいたが、やがて淡路島にさしかかると視界が一変、雲が真っ白にかかっている。機内アナウンスで「伊丹空港の上空は雲で視界が悪く着陸出来そうにありません。念のためいちど旋回してトライしてみます」二回目もダメな様子、「もう一度、トライしてみますがダメなら、このまま名古屋空港に向かいます」とのアナウンス、ハァとため息を次いでいると「視界が開けてきました。着陸します」

窓からも雲の隙間から地上が見えだしてきた。

何とか無事、午前中に結納納めができた時の思い出が、晩年にはいちども会うこともなかった貞子の顔とともに走馬燈のように甦った。

若き日のひとこま

新米社員

二度目に就職した店は株式会社とはいえ実質的には小さな個人商店だった。昭和28年、丁度テレビがこの世に出現した頃だった。ということは25歳、他にも話はあって散々迷ったあげく、一番辛そうで条件も世間体も良くない店を選んだ。理由は簡単、まだ若いんだ。肉体的にも精神的にも楽な所より、しんどいところで苦労してみようと決めたのだ。ま、そこらのことは、機会があればのことにして、とにかく話を進めよう。

前と同じ鉄鋼関係だが扱う商品は前職の「銑鉄」とはまったく関係のない「錫メッキ板」、通称でブリキ板。だが亜鉛メッキのトタン板もブリキ板という。こちらの錫メッキ板は「缶」の材料だ。大きいものは18リットル缶（通称石油缶、五ガロン缶とか一斗缶という）、小さいのは玩具や餅焼き網の縁まで結構用途は多かった。店の得意先は化粧缶といって菓子缶、茶缶などを作る製缶工場で「雑缶屋」と呼ばれていた。殆どが中小企業だ。

入社したのは秋頃で、先ずは仕事を覚えるために倉庫で商品を扱って見ることになった。そこには、この道一筋できた職人肌の老人を中心にして、その年の春、新制中学を卒業したばかりの縁故や集団就職できた三人のぼんさんがいてみんな前掛(まえか)けをし軍手をはいて作業していた。そのなかにまじって荷下ろし、荷積みから仕分けなどの肉体労働が始まった。10歳も歳下のぼんさんが先生役だ。

戦時中に勤労動員され一年近く車両製造工場で肉体労働をしたことがあるだけ、根が不器用なせいもあって毎日が悪戦苦闘、極薄の鉄板の荷造り、運搬で生傷が絶え間ない。

扱うブリキ板の厚さは0・18ミリから0・32ミリという極薄の鋼板に錫メッキしたもので、うっかりすべらせると手足を切って出血する。

下手に出血の手当をしていると
「ブリキ汚すな!」

運悪く社長が居合わすとすかさず罵声が飛んでくる。

客先の指定サイズに切りそろえる切断作業は素人では無理、半間(ハンケン)(62㎝)四方の木製の台の右端向こうから手前に鋼の刃が上下について、台には左右に移動出来る定規がつき、左手でブリキを押さえ右手で上刃をもって切り落とす全くの手作業、「台切り」と呼んでいたが、その小型のものはコピールームで見かける紙の切断機だ。そのうちには機械化が進み、手でブリキ板を差し込むと上下のロール状の刃が回転して切断してくれる、「スリッター」という機械の時代へと変わっていった。

朝は8時から終（しま）うのはその日の仕事次第で明朝配達する商品の「寸法切り」という切断作業、加工、荷造りが終わるまで、遅い時には10時前になっていた。出勤は家（大阪市旭区大宮西之町）から森小路まで歩き、バスで今里のロータリーで乗り替えて新深江へ、バス停の前には三和銀行新深江支店が、その向かいには今でもコクヨの本社がある。

遅くとも6時40分には家を出なければ遅刻する。仕事を終えると真っ直ぐに帰宅し、飯を食って風呂に入り寝るだけの生活が、すくなくとも半年は続いた。

昼食は事務所奥の厨房で社長の奥さんのお母さんが賄いさんだった。少々不味くても文句は言えない。残業にはうどんが出た。住み込みのぼんさん達は三食そこで食事をしていた。

事務所と倉庫は歩いて10分ほど離れていて、当時の近鉄が今里から布施の間で高架から地上に下りていった頃でその傍だった。

倉庫は真新しく、入社する一年ほど前に新築したようで3階建てくらいの高さで、中には大型走行クレーンがあり、1梱包が1トンから2トン位の梱包がうず高く積まれていた。

その一角、北東の空き地にお不動さんが祀られていて、社長も老人の倉庫長も信者で毎朝お詣りする。毎月28日には月詣りがあり、全員参加しそれが終わると月給がもらえる仕組みになっていた。その日は残業はなかった。

そうだ。入社して一、二年ぐらいは週休ではなく第1、第3日曜の月2回が休み、お盆と正月は3日間休みと労働基準法に百％違反の状態だった。

現在（二〇一七年）では社会現象として「ブラック企業」という言葉が使われているが、組合とは名前だけの労使協調スタイルの中で起きているブラック企業と違って、当時（一九四八年）は大企業、官公庁は勿論、ちょっとした中小企業でも労働組合が力を持っていて、労使交渉やストライキが多発していた時代だった。今よりはるかに労働者に有利な法律のもと、労働基準局も企業の違反を厳しく取り締まっていたが零細企業までは監督官の手がたりず野放しに近かったせいもあったか、まったくおかまいなしの状態だった。人材採用面で差がつくことから、後年になると小、零細企業でも労働条件は改善されていったが私が入った28年頃は、戦前をそのまま引き継いでいるという状態だった。皮肉にも私の大学のゼミは「労働法」だった。

入社して一週間経ったころ、倉庫から店に連絡に行き、受注状況を聞いて戻ろうとして

いたら社長が
「おい、そこの自転車に乗っていけ」

「僕、自転車よう乗りません」

「なに！　大学出てて自転車もよう乗らんのかぁ」とあきれ顔。

それからは昼休みにぼんさんに頼んで自転車の後ろを持ってもらって練習した。生まれて初めての体験だった。一週間ほどで何とか乗れるようになったと思った、とたん
「おい、これ、田中源へ持って行け」

と社長に言いつけられた。自転車の中でもタイヤも太く後ろの荷台も大きい運搬車に、ぼんさんが注文サイズの細長い短尺に切りそろえたものを梱包紙で包み、細縄で荷台に括り付けてくれた。

今さら、無理ですとも言えず、とにかく伝票を貰って届けることにした。今里から布施の高井田、車なら五分もあれば行ける8キロ位の距離だ。

初めてのトライアル、「気をつけて」と気遣ってくれる奥さんの声を後に歩道沿いにスタート、ペダルは重たいが何とかバランスもとれ、やれやれと思ったのも束の間、赤信号で停まるとふらつき、やっとのことで転けずにすむが、今度はこぎ始めが大変、ふらふらしながら交叉点を越すが次の信号では止まると、転けそうで、前後左右を気にしながら赤

てしまった。

信号を無視して渡る。漸く田中源の門をくぐり停車した時、バランスを崩し横倒しに倒れてしまった。

「すんません」

「馬鹿たれ、品物(しなもん)、粗末にしてどないすんねん」

ときついお叱りを受け平謝り、何とか受領書を貰って帰社し報告すると、社長以下居合わせた店の人たちからなかば呆れなかば冷たい顔で見られた。その晩は寝床で

「こんなことしていていいんか。進む道の選択を間違ったかな」

と悔しさと哀れさに自己嫌悪に陥っていた。

息抜きといったら飲み屋で一杯飲む他には麻雀の趣味もなくゴルフもまだ身近になかった時代、会う機会はめっきり減ったが、気のおけぬ学友の一夫と休日前には通い慣れた梅田界隈の飲み屋で、そう、

「ロイド眼鏡に 燕尾服 泣いたら燕が 笑うだろう 涙出た時ゃ 空を見る サンドイッチマン サンドイッチマン 俺らは街の お道化者 呆(とぼ)け笑顔で 今日もゆく 嘆きは誰でも 知っている この世は悲哀の 海だもの 泣いちゃいけない 男だもの……」

調子外れの声で歌ったり、美空ひばりの「リンゴ追分」や「白い花が咲く頃」などラジオから流れてくるのを聞きながら安酒に身を任せ、午前様していた。

当時の労働基準法に百%違反の状態

現在の社会現象として「ブラック企業」という言葉が使われているが、労働組合とは名前だけで労使協調スタイルのなかで起きているブラック企業とは違って、当時の大企業は勿論、ちょっとした中小企業でも労働組合が力を持って労使交渉やストライキが多発していた時代だ。今よりも労働者に有利な法律のもと労働基準局も企業の違反を厳しく取り締まっていた。

その差は歴然としている。

得意先廻り見習い

「おい、行くぞ」

「はい、伝票もらってきます」

一汗かいてダイハツのミゼット（貨物用三輪車）にブリキ板の手積みが終わると一番番頭株で運転手でもある秋永さん（社長の奥さんの弟）の助手として得意先への配達が、その頃新たな仕事になっていた。クレーンでの積み込みは楽だが、得意先での大半は手降ろしで、狭い材料置き場に何メートルか歩いて歪ませないように揃えて置く作業は、慣れないと危険でもあり大変だった。でも倉庫でこぎ使われているよりは、車の助手席にいる間だけでも遙かにましだった。

月に一回、宇治の茶処、城陽市の長池にある二軒の茶筒屋（手造りでハンダ付けして茶缶を作る）への遠乗りがあった。なんと夕方、五時頃仕事が終わってから集金をかねて配達に出かけるのだ。こちらは助手席で振り落とされないようにしているだけだが、ドライバーの秋永さんは大変だ。何が一番大変なのかといえば、車のトラブルだ。当時はまだ舗装されていない穴ぼこだらけの道が結構多かったし、当時の車の性能も今とはまるで違いお粗末でタイヤのパンクは覚悟の上、片方のライトが消えると片眼で、時には両目点灯せず懐中電灯で走ることもある。また何故かエンストしてエンジンがかからないなどのトラブルが毎回のように起きる。酷いときには日付が変わった深夜に帰社することもあった。

茶筒屋さんで荷下ろしが済むと店先で代金を頂くが

「まぁお掛けやす」

と煎茶を点てながら

「あんさんとこの配達は何時も遅おすなぁ」

「すんまへん。運転手、一人でっさかい、昼間は近間のお客さんから何時急ぎの注文入るか分かりまへんので……何時も御迷惑おかけしまして」

と秋永さんが深々と頭を下げていた。

「いやいや、あんさん方も大変どすなぁ、お茶入りましたから、さあお掛けになってよばれとくなはれ」

かしこまって腰掛ける秋永さんのマネをしてその横にすわる。

「頂きます」と、湯飲み茶碗より二回りぐらい小さな煎茶茶碗を手にして作法もまだ知らずよばれていた。荷下ろしで一汗かいた後なので美味しいがほんの一口ちょっとでものたりなかった。

後年、一人で昼間に営業に廻るようになってからは、店主に煎茶のいただき方を教わったり、宇治茶のことなど色々と教えてもらった。


月日とともに商品名や規格など少しずつ判るようになってきたが、次には度量衡の使い分けが大きな壁になってきた。

サイズは「定尺（マーケットサイズ）」が基本だが同じサイズの呼び名が仕入れでは20インチ×28インチ、税関など公的機関ではメートル法で508×712ミリメートル、そして客先では一尺六寸八分×2尺3寸6分と使い分け、重さも輸入はヤード・ポンド法でアメリカからの輸入品はショートトンとよばれていた2000ポンドで1トン、イギリスからはロングトンで2240ポンドで1トンとまことに複雑、国内ではkgと貫匁の使い分け、これがしっかり換算出来なければ客先の指定サイズとインチで表示されているブリキ板との差が判らず、商売（営業活動）が出来ない。

はて？　そんなの暗算出来るわけがないと思案していると、またしても
「お前、大学出て算盤出けへんのか！」

「はい、大学では算盤教えてくれません」

だが案じることはない。倉庫で使っている巻き金尺がある。その巻き尺には表に㎝と尺寸、裏には叶がある。これさえもっておれば細かい正確なものは受注後にしっかり計算できれば問題なし、算盤の代わりに巻き尺は恰好悪いかも……あっ寸法はそれで良いが、商談中の仮見積りは暗算が出来ない！　どうすればよいのか迷っていたら、ある日、

「おい、これ、姉さんに袋作ってもらって、持って歩け」（得意先廻りのこと）

お目にかかったこともない当時開発された新製品の手動式タイガー計算機を渡された。なるほど、時代の先端をいく計算機なら得意先の人も好奇心で見てくれるなと思ったが、結構嵩張り鞄に入らないし重たい。

そこで考えついたのが、過去の納品記録から品種、サイズ、価格などを調べて手帳にデータを書き込んでさえおけば、新規の見積もりも倍率計算なら暗算でも仮見積もりは出来る。貴重な計算機は事務所デスクで使うことにした。倉庫での荷受け、選別作業なども半年は続いたが、少しずつ配達助手をしながら得意先を憶えていった。

そんなある日、ぼんさんの一人が梱包に貼られているレッテルをみて

「これなんて書いてんの？」

「これは、US Steel（ユーエス スティール）これは Elctronics Tin Plate（電気メッキブリキ板）や、そしてこれが、コーティング（面積当たりの錫メッキの量）の表示や」

と答えると目を輝かし頷いて聞いてくれた。

まだその頃は、国内では電気メッキのブリキは製造設備がなく、僅かにどぶ漬けのブリキ（錫の付着量が多くて高価格）しか生産できなかった。

中小企業の使うブリキは殆どアメリカが中心で、極く少量だがイギリスからも電気メッキしたブリキの格外品（製品と屑との中間品）の輸入に依存していた。その上、物価安定と外貨不足のため輸入は国の統制管理だった。

ブリキ板を輸入するには外貨割当の証明書が必要で、製造メーカーが各地方の商工局（現在の通産局）に申請し鉄鋼価格調整公団から査定後交付された。そのチケットが闇で売買もされていた。

春を迎え、漸く仕事に慣れ、肉体労働も減りだした頃

「中野、すまんが明日、貢治の入学式に付いていってくれ」

「えっ、高校の入学式にですか？」

一瞬、奥さんの顔をみたが奥さんのほうは無表情。

「なんも知れへん、こいつが行っても役にたたへんのや」

「そんなことありません。おかしいです。大事な息子さんの晴れの入学式は、奥さんが是非……」

と言うが聞き入れられず、むちゃくちゃやなと思いながらも翌日、貢治君をつれて関西大倉高校に出かけた。

制服から教科書や参考書などを注文したりと思いがけないことがあり、出掛けに現金を預かった訳がわかった。帰社すると
「ご苦労さん」

と社長から声がかかり、奥さんから、これ、御礼と封筒に入ったものを頂いた。

おい、小遣い稼ぎ出来たぞと一夫に電話し、彼の顔料メーカーにまつわる話や思わぬこちらのハプニングを酒の肴にして夜遊びが出来た。一難去ってまた一難、次は何やろうと話の種はつきなかった。

商社から学ぶ

「どないや、その後は」

「うん、何となく慣れてきたというんか、社長はじめ相手さんも少しずつやが、過ごしてきた環境が違うのがわかってきてくれたように思うわ」

「その内、尻(ケツ)割るかなと思ってたけど、お前さんも、もう後ない言うてたもんなぁ、やるしかないいな」

「うん、どこまでできるんか、見当つかんけど」

一夫との居酒屋での会話も少しずつ、朝鮮戦争終結で不景気になってくるとか、やれ八頭身美人とかの世間話が中心のスタイルに戻っていた。

入出荷、在庫管理、配送に得意先廻りと次第に慣れてきたある日、

「おい、昼からな、商社の人が外人連れてクレームついた商品、見に来るらしいわ。外へ行かんと倉庫に居ってくれ」

「わかりました。社長も居られるんでしょう」

「うん、そやけど何言うてんのか、わからへんさかいなぁ」

「商社の人が一緒なら何にも心配いらんのと違いますか」


「コンニチハ」

とたどたどしい日本語で始まった出会いだったが、勿論、商社の人がすべて通訳してくれる。時には私に直接話しかけてくる時もあり、しどろもどろになったが、アクセントに慣れると少しは理解出来るようになった。

大学時代、カナダからきた女性外人教師の英語での授業で産業心理学の講座を受けたこともあったが、その時もう少し真面目に勉強すべきだったと反省するも、時既に遅し。それよりも訛りの強いイングリッシュを聞き取る方が大変だった。

来社したのは、日本への輸出業者のプレジデント、それに付き添いの大手総合商社浅野

物産（株）鉄鋼部の肩書きのある方からそれぞれ名刺を頂戴した。その商社の三輪さんという方から帰り際に、

「一度、会社の方へおいで下さい。問屋を通さずに直接取引する方法もありますから」

と声をかけてもらった。

早速、行きましょうと社長に言うと

「お前一人で行って来い。ええ話になるようなら、それから俺も行く」

とのことで出かけた。

船場のど真ん中、堺筋瓦町の三和銀行ビルにある同社大阪支店を訪ねた。色々と取引する上での条件を教えてもらった。

当時、一番の課題は輸出が少なく圧倒的に多かった輸入による外貨の収支不足を調整するため国が色々な生産企業に外貨割当していた。そのチケットは国産品がなく輸入材に依存する製造会社が価格調整公団という国の出先機関に申請し一定の基準を満たすと必要な外貨を割り当てする制度で、当然申請資格のない商社などの流通会社はそれをどうして入手するかが、一番の課題だった。そのため資格のある生産会社が申請し手に入れたチケットを有償で譲り受けることだが、統制経済には付きもののチケットの闇取引をする業者がいてそこから手に入れる方法もあった。だがややこしい申請の手間、暇がかかるので申請

しない中小零細企業もあったのでコツコツ、チマチマと代行して手に入れる方法もあった。

商社には銀行の貸し付け係のような新しい取引先としてどの程度の金額なら安心して取引出来るか審査部という専門部門があった。当社の資産、負債、利益高などの信用調査をしどの程度の取引与信金額が認められるという関門もあったが大した取引額でもなくなんとか手形取引（現金決済ではなく90日とか120日先に銀行で引き落とする約束手形）をパスできた。


それから先、二年も経つか経たないかの早い時期に商社さえ通さず、アメリカのバイヤーから直接オファーをもらい直輸入し、神戸港で荷揚げ中の通関検査前の艀（はしけ）の群れの中から当社向けの梱包を探し出し一部を開墾し中身を調べるため、艀の八艘飛びをして下見するようになるとは思いもかけなかった。

今までのように大手ブリキ問屋を通さず商社から直接仕入れすることで、利益が少なくとも二倍以上になる事が分かり、倉庫での入出荷や得意先廻りの他、事務所でのデスクワークが急に増えきた、

そんな時期に社長からまた「おい、中野」の声が飛んできた。久し振りに何かいなと手

を休め、聞き耳立てると
「あのな、単車（自動二輪車）の運転免許証をとりにいけ」
「えっ！　ようよう自転車に慣れてきたのに、もう単車ですか」
「そうや、俺、四輪の自動車買うことにしてん。今乗っている単車のBMW（ビーエム）はお前が乗ったらええんや」
「そんなこと言われても実地試験受かる自信ありません」
「一ぺんで通らんでも三回受けられるから大丈夫や」
今回も押し切られてしまった。
当時、大阪には自動車運転免許試験場は大阪城内に一つあるだけ。早速、覗きに行ったが、先ずは学科試験があり、受からないと実地試験は受けられないシステム。受験書類をもらって帰ると
「すぐ受けに行け」との一言、
勤務時間中に社用で受験、費用も個人負担なし。仕方なく手続きし受験した。先ずは学科試験からだ。交通法規を中心にテキストでにわか勉強、卒業後、初めての受験、その上、学科試験を一発で合格しないと、帰社して何を言われるのか。社長だけでなく倉庫のぼんさんにまで馬鹿にされることは必定、これは大変なプレッシャーとなり、あわてて一夜漬

けする羽目となった。

幸い、マルバツ方式で忘れたが60点か75点が合格点で、とにかく100点とる必要がなかったので試験場では一安心、無事に一発合格した。

さて次は日を変えての実地試験、会社の休み時間に社長の単車に近所の空き地で乗ってみるが、真っ直ぐ走ったり停まったりは直ぐ慣れたが、右折、左折が自転車の様には中々上手く行かない。自信がないまま、試験場へ出掛ける。

案の定、右折は曲がる前に右手を横に真っ直ぐ挙げて片手運転で、左折はその右手を頭の上で左に曲げて方向指示して曲がる。これは一発で不合格、途中で
「ダメ！　そこで降りろ」

と試験官からぼろくそに言われ完走出来ず、二日目も前よりも少し増しにはなったが、またも完走出来ずに途中で降ろされる。

試験官はまるで戦時中の軍隊調で「次、中野」と怒鳴るような声で呼び捨てだ。いよいよ三回目の実地試験、もう半ば開き直って発車する、カーブでは、相変わらずヨロヨロしながらも今までよりは走れた。もう少しでゴールと思っていると
「中野、そこで降りろ！」

の声が後ろから飛んできた。

あ〜、これでもうダメかと思い、車を押してスタート時点に戻ると
「しょうがないな。合格にしたる。気ぃつけよ」
と合格にしてくれた。
半信半疑で
「本当ですか？　ありがとうございます」
深々と頭を下げて、なんとか運転免許試験は終わった。

当時の労働基準法と労使関係

現在（二〇一七年）の社会現象としていわゆる「ブラック企業」という言葉で長時間勤務などが問題視されているが、当時は大企業はもちろん、ちょっとした中小企業でも労働組合が力を持ち賃上げ窓の要求やストライキが多発していた時代で、現在より労働者に有利な法律のもと労働基準局も企業の違反を厳しく取り締まっていた。ただ当時でも零細企業までは手が廻りかねた面も見られた。

仕事に興味が湧き出した頃

ブリキを輸入するには欠かせない外貨割当証明書、これは物造りする工場でなければ申請する資格がない。商いだけをする商社から小売店まで、それを手に入れないと股買いしなければならず、どうすれば手に入れられるのか、ブリキを材料に使う大手メーカーはとっくにチケットを手に入れしているし、また申請していないメーカーは町場のちっさな工場ぐらい、さてどうしたものかと思案していると社長が「田中源はどないや」

「はぁ～そうですね。一度訊ねに行ってきましょうか」

「うん、電話しとくわ」

餅焼き網の縁に使うブリキなんて年間使用量はしれたもの。いくら考えても年間に精々一トンぐらい、多くても二トンも使わないので外貨割当を手にしても商いの単位にほど遠いではないかと思いつつ出掛けた。

珍しく社長自身が出てこられて応対していただいた。主材料の針金もその例に漏れず、よくご存じで僅かでもよければ協力するよと、手続きの仕方まで教えていただいた。その上、

「これあげる。東大阪の金網業組合の名簿だ。この組合の理事長をしているから、私に紹介してもらったと言えば、みんな会ってくれるよ」

と有り難く頂戴した。

塵も積もればとはよくいったもので、こまめに訪ね歩くと10トンぐらいのまとまったものになった。

しかし、それだけではとても一時（イットキ）の商いしかできない。さてどうしたものか、大手はどこも既に制度を上手に活用しているだろうしと思案に暮れながらなにいうともなく手にしていた職業別電話帳を繰っていると「魔法瓶」の項目が眼に入っていた。当時は魔法瓶がブームで、どこの家庭にも一つはある時代になっていた。タイガー魔法瓶、象印魔法瓶、いやいや大手はダメだろうと探すとあまり名を聞かないメーカーが大阪にも数社あることがわかった。

早速、BMW（ビーエム）に乗って飛び込みの魔法瓶屋廻りを始めた。

BMW（ビーエム）は当時としては希少外車で、お古でもそれに乗れるだけで格好良く思え、馬鹿みたいに外回りに精を出していた。

ある日、阿倍野の美章園辺りの魔法瓶屋で色よいきっかけが出来、紹介してくれた花園の工場を訪ねようと阿倍野橋の交叉点を過ぎると、後ろから路面電車が道路の右に、左に除けようとするとトラックに挟まれてスピードを落としたが、なんと今度は目の前にちょつとした穴を見つけ急ブレーキをかけたが除けられず、ゆっくりだがズトンと前輪からはまり込んでしまった。と同時に前方に放り出された。右には電車が左は車、前だったから助かった。運が良かった。右か左に放り出されていたら大怪我か命が危なかったかも知れない。

「危なかったなぁ、怪我大丈夫か？」

と急停車してくれたトラックから運転手が声かけながら降りてくると、はまりこんだ単車を起こすのに手をかけしてくれた。

「はぁ大丈夫です。怪我も無さそうです。ありがとうございました」

とエンジンをかけてみるとBMW（ビーエム）も無事そうだった。

さてと周囲をみて走りだそうとした時に、はっと気がついて、ぞっとした。道路の左の建物はなんと有名な阿倍野斎場ではないか、南無阿弥陀仏、なむあみだぶつとその場を離れた。

帰社して、そんな話をすると

「ほんまに鈍な奴やな、もっと早ようブレーキかけたらすむことや。よう命助かったな」

と社長が呆れていた。ところが奥さんが横から

「あのBMW（くるま）怖いで、リアクッションあれへんから、気ぃつけな。うちも、こないだ後ろに乗ってたら今里のロータリーで振り落とされてん。そやのにこの人、気ぃつかんとそのまま行ってしもてん」

「なんか軽なったなぁと赤信号で後ろ見たらおれへんね、慌てて戻ったらロータリーの歩道にへたっとんね」

「奥さん、怪我なかったんですか」

お尻から落ちて手をちょっとすりむいただけで済んだそうだ。

その頃の道路は舗装されていても穴ぼこだらけ、宇治の茶箱屋さんに行く折りにも、国道一号線の木津川を越えて直ぐ右折して大久保に行く四車線の広い道路に入ると無舗装で土のデコボコ道、雨上がりなどは泥んこで単車のシートに座っておれず腰をあげて運転する有り様だった。

その頃には結構、仕事に興味が湧きだしてきていた。取引銀行の三和銀行の新深江支店は規模が小さく外国為替の専門社員がいないので、本店の外為取扱担当を紹介してもらい、バイヤーに送金する信用状の発行手続きなどを教わり、商社にもバイヤーを教えてもらったりして人脈もできてきた。

仕事を終えて帰宅してからも、「商業英語通信文」「港湾論」など、教科書や参考書をとりだし読んだりしだした。単位はとっていたものの、まさか社会人として実務でそれが役立つとは思ってもみなかった。事務所のデスク上も手動式計算機から英文タイプライターに主役が変わっていた。

この段階になると輸入業務は社内で相談する相手もなく、一切を任され、結果を社長に報告するだけとなっていた。同業大手を相手に一人で立ち向かうのは正直なところ快感があり、結構知恵も絞った。そのせいか何にもない休日は朝寝しこれといった趣味もなく一日ぼやっと過ごしていると退屈で身をもてあます状態になった。そんな時フッと思いついたのが、日曜日はアメリカもイギリスも一緒、休日だが日本独得の祝祭日には彼らは当然働いているではないか。じゃあその日に海外電報でオファーが来るかも知れない。どうせ暇をもてあましているのならと事務所に行き、本でも読んでいたらと出社していると、予想がぴたり、郵便局から海外電報が配達された。社長に決済して貰うこともせず、早速ACCEPT（アクセプト）と郵便局の外信窓口で返信する。取引の長さとか信用出来る相手かなどの国内のビジネスの慣習とは違って彼らはドライ、早い者勝ちだ。一番先に返信があった相手と取引をする。

入荷したのが休日前後であれば注意して荷物の通関手続きを代行する乙仲業者にしっかりと頼み込んで、休日明け一番に税関に申請して貰うのも同じ手法で、同じ船で入荷している他社よりも二、三日早く品揃えして売れるので先手必勝の世界だった。

人脈が拡がると夜の接待役も大事な仕事になってきて、自然と一夫との夜遊びも居酒屋で出来上がってからのアルサロ通いから、接待で憶えたナイトクラブへとランクアップしていった。

そんなある日突然、一夫が言いにくそうに

「あのな、俺、結婚することにしてん」

「えっ、そうか、するとこっちは七人組の鈍尻（ドンケツ）かぁ、最後のチョンガーやな」

祝の言葉どころか先を越されたショックが大きかった。漸くおめでとうと乾杯のあと、二人はしばらく無言で飲み食いしていた。

振り返ってみると転職してからは、結婚する相手が欲しいという思いは決して忘れていたわけではないし、女性に無関心なんていうことはなかった。でも先ず自らの居場所が定まらない間は、どうしようもないとの思いの方が強く、仕事に集中せざるを得なかったというのが本音だった。

事務所には同い年の女性が事務員として一緒にいたし、出入りの会計事務所の女性もいたが、自分の好みの女性像とは違った。

でも悔し涙を流した失恋が一つあった。

直輸入が軌道に乗り、店の業績も上向いてき、現場要員も手不足、事務員ももう一人いないととか、新しい人材が必要になり、営業の他にも、会社案内の作成から始まり、職業安定所や学校廻りも大事な仕事になってきた。また、その延長線で週休制や社員の福利厚生をしっかりしないと折角採用できた貴重な人材をなくすることになるので、そうした社内整備も同時進行する羽目になった。まるで自分が経営者のような錯覚さえ起こした。だがそんな時期は残念ながら長くは続かなかった。外貨の自由化がはじまった。同時に国内の大手高炉製鉄メーカーも八幡製鉄の独占品種だったのが年月を経て富士製鉄続いて日本鋼管と電気メッキ生産を始め、やがて輸入はなくなっていった。

アメリカから輸入する時代が終わり国内でブリキを生産するようになり、大手鉄鋼会社の指定問屋になっている扱い店が三社あり、業界ではブリキの御三家と言われていた。入社時にはその御三家から仕入れるちっさな加工販売店だったが、直輸入に始まり、その内に国内製鉄メーカーの指定問屋になり、ビッグスリーに追いつけ、追い越せが目標となり、取扱高も年々伸び、業績も大幅に上向いていた。

追記

転職した二十五歳から二十九歳までの最後の独身時代、つまり昭和28年から昭和32年（1953〜1957年）の間の記憶を頼りに書き出したが時代背景となる出来事の年代があやふやで定かにならず、ゆきづまってしまった。

例えば外貨割当制度の廃止＝円の自由化の時期、富士製鉄がブリキ板の生産、販売を始めた時期、つづいて日本鋼管もブリキ生産ラインを広島県福山につくり国内生産が多角化した時期など記憶とのずれが考えられ、なんとか資料を手に入れないと筆を進められないことがわかった。

朝の体操

しばらくうっとうしい天気が続くと雲一つない青空が素晴らしい一日を約束してくれたような気にしてくれる。冷たい風が「お早う」と眠気眼を醒ますかのように心地よく頬を撫でとおり過ぎてゆく。

その風の冷たさにも少し春を感じるようになってきたかなと思いながら、両手を組んで真っ直ぐ頭の上に上げ、首を後ろに倒し、次には前に倒すところから、朝の体操がはじまる。カラスの鳴き声が終わるのを待ちかまえていたように今度は椋鳥、雀と今日はお天気が良い所為か、賑やかだ。

次に両手を横に下から上、上から下にと左右に大きく円を描くように廻し、上に上げるときにはつま先立ちする。そして両足を開き、腕と共に腰を左右に廻す。ゴルフスイングに使う筋肉の運動だが、ゴルフはもう半年以上もしていない。暖かくなったら再開したいなと思いながら、今度は足をひらき腰から上を前に傾け両掌が地面に付くまで倒し、つづいて腕を頭上で組んで腰から上を後ろに大きく倒す、いわゆるイナバウワーだ。

それが終わると両腕を横腋につけ、握った拳を一杯に拡げて左、右と交代に突き上げる。これは比較的、最近付け加えた運動なので、ときおり忘れてしまうことがある。それに左、右を一、二と交互に数えているのに奇数で始まった左手が何故か最後に20を数えている時がある。まだ寝ぼけているのかもしれない。

もう永年やっていると順序は殆ど意識しないのだが途中で新しいのを挟むと馴染むまでこうしたことが多い。ことにこのあたりまで来ると、体操に集中できず、他のことに気を取られていることが多い。

「お早うございます」と朝のご挨拶はお向かいの奥様へ、玄関先だからゴミ出しの日には様子がわかり、私の役目となっているゴミ持ち出しの日を忘れずに済む。愛想の良いその奥様と較べ、旦那様は昔から挨拶が苦手で、できるだけ顔を合わさないように避け、鉢合わせしてもうつむいて通り過ぎていたが、近頃は少し大きめの声で挨拶するように心掛けているると覚悟したかの様に会釈していかれる。真正面からすれ違う時には、小さい声が返ってくるときもあり、その時はヤッターと心の中で叫んだりしている。

左隣の息子さんもそうだ。長い間、お互いに挨拶もしなかった。そうだ、これはこちらから挨拶すべきだと気づき、彼が自転車で出勤の時には「お早う」と声をかけることにした。はじめはえっといった感じで知らぬ顔をして前を通り過ぎていたがタイミングを見計っていると気配を感じたのか最近は会釈から始まって声をだして挨拶してくれるようになった。こちらも「お早うさん」と大きめの声をだしている。

次には笑顔だ。そしてご近所の方々には年令も男女も関係なくこちらから先に、それもできるだけ「寒いですね」とか、もう一声増やすことにしている。

今朝は冷たい。ちぎれ雲が北から南へと走っている。

体操をしている内に、あっ、ここ張っているな、少し痛みがあるな、なんとなくだるいなとかその日の体の具合がわかる。半ばを過ぎた頃から比較的あたらしく取り入れた運動となり、片足ずつ膝を抱えて片足立ち、次には足首を掴んで身体の後ろに持ち上げ、それぞれ20を数える。これは歳とともに難しくなり集中していないとグラグラと揺れ倒れそうになる。目の前で鳥が飛んだり急に横風があると保たない。目を瞑るとまったくダメで何秒も保たない。

そうした集中力がいる時に限って雑念が入ってくる。

これだけ冷えたら美山は雪が降っているかもしれない。今冬は雪景色の美山を撮れていないので気になるが、今日の予定は変えられないしなどと思うと、もう片足立ちはやり直しの連続となってしまう。

後半は下半身が中心で屈伸運動、足を横に大きく開き、一方を真っ直ぐ伸ばす、次は相撲の四股と仕切り、これは太股の鍛錬になる。それが終わると上半身を前に倒し両手を膝に当て、ゆっくりとそのまま立ち座りする。膝の状態を確かめながら、調子が良さそうな日には10回つづいてしっかりと腰を降ろした状態からそのまま一足立ちをする。

これはお点前の際に大切な筋肉のトレーニングとして一年ほど前から増やしたのだか、やりすぎて膝を痛めないように日々調整しながら無理をしないようにしている。

先日、内科診察のおりに「先生、最近ちょっとした坂や階段を昇ると息切れするので、少し心臓のトレーニングをしようとおもうのですが?」と尋ねると、一瞬カルテから目を離し驚いたような顔で「ダメです。しんどくなったら無理せず休むか、ゆっくりと昇って下さい」と言われた。

そうなんだ。筋肉だけは老化の進行を抑えられるが、他はもうダメなんだと改めて気づかされた。
今日もおかげて一日元気でおられそうと感謝しながら、朝の体操は休むことなくつづいている。

（'09.07.07）

「雨上がりの朝にはアスファルトで覆われた道もちっぽけな庭も、打ち水をしたように静かで落ち着いた空気感がある。そんな時には、しまった、早起きして大阪城公園に出かければ良かったのに、雨しずくのある梅に光が差すとシャッターチャンスがあるのにと悔やんだりしながら手を振り上げたりしている朝の体操」

今朝は夜来の雨が降り続いている。こんな日は狭い玄関先での体操はちょっとした工夫が必要になる。思い切り身体を前傾姿勢から後方に両手とともに回すとドアと手が接触しないように気をつけないといけない。立ち位置を少し後ろに下げる。また、前傾姿勢で手を足下のタイルにつけると濡れるので少し加減する。

昨夕から左胸に一定の間隔を置いて軽い痛みがあったので気になっていたが、今朝起きてからは特に感じないものの、怖々始める。

普段と変わらない、良かったなと安心、気がついてみれば、左から1で始まっているのに16と言いながら左手を突き上げていた。

鳥は雨宿りかと思っていたらお向かいの丸く刈り込まれた金木犀の中で雀がいた。虫でも食べているのだろうか。雨空にも飛んでいる鳥がいるが、みんな静かで鳴き声はない。今日は夕方からの「偲ぶ会」のほか、何もない、さて何をしようかなどあれこれ思いながらの体操、今朝は暖かくその所為か、身体の動きも良く、快調に終わった。

四月十一日

疲れや肩の痛みがどうかなと思いながら、いつもより少し遅い時間の体操となった。

両手を組んでう〜んと頭上に高く伸ばすと、二日つづきの雲一つない青空が見えてきた。昨日は今年はじめての美山撮影、仲間二人に声をかけ、車に乗せてもらってので身体には一番楽なツアーだったが、やはり集中してシャッターチャンスを狙うには一人にしたことはない。

腕を左右に大きく回し、次ぎに片手ずつあごの下に真っ直ぐ伸ばし手首をもう一方の手で押さえるなど肩まわりの運動を続けたが痛みもなく、長時間カメラ機材を持ち歩いたわりに後遺症はなかったようだ。

満開の桜は新鮮で生きいきとしていた。街の桜とはまるで趣が違う。

さくらも朝桜、昼桜、夕桜、夜桜と季語にあるそうだ。言葉として馴染みがあるのは夜桜で、観るのは日中が多いが「昼桜」という言葉は使ったことがない。

早朝に自然の中で観るさくらは精気に満ち、とても風情がある。風がなくダム湖の水面への映り込みも緑のグラデーションとなり、それに桜色が艶やかに色を添えている。

風がないので映り込みが良い。なのに風がないから花吹雪が撮れないとか、また雲一つない真っ青な空に雲が浮かんでいたらもっと良いのにとか、果てには雨の方が質感のある写真が撮れるのにと、人間ってまことに自分勝手な思いをするものだ。

体操も終わりに近づくと下半身の運動になる。四股踏みより仕切りの姿勢の方が太股の付け根付近がきつい。そして最後は両足揃えての立ち座り、膝の皿を揉みほぐしてから、ゆっくりと膝を曲げ、途中でポキッと音がしないように気をつけながら、こわごわそぉっと腰を落とす。何回かつづけて音がしないのを確認して一足立ちの稽古をする。

「朝桜」が季語にあるとは知らなかったが、この季節にぴったりではないかと気に入った。そこで下手な句を一つ。

朝桜 甦えさせる 初心

桜が咲く頃、新年度が始まる。ういういしい小学一年生から社会人一年生、果ては古稀の手習いまで新しい時である。

「初心忘れず」長い間に、慣れるが狎れるになってしまい、知らず知らず安易な方へ楽な方へと、得てして違えてしまうものである。

精気に溢れ、清々しい朝桜にそんな言葉をもらったような気がした。

そう、お茶の稽古も間もなく始まる。

四月十三日

今朝は体操もせず、起きると直ぐにカメラを持って玉串川の散りはじめた桜を撮りに出かける。

駅へと急ぐ人並みを気にしながらもキョロキョロと川沿いに獲物を探すように歩く。流れる桜の花びら、黒くてでかい鯉の群れ、それに残り桜で枝ぶりの良いものをと上を見、下を見、振り向いてはと探すが、なかなか見つからない。

その内に人並みが通勤する人たちから、通学する若者に変わってきた。

小学校や高校の門前では先生や父兄かボランティアの人たちが「お早う」と懸命に声を

かけている。なのに子供たちは知らん顔で友達とのお喋りに夢中、何処か狂っている。折角の朝撮りも興ざめだ。

時折の花吹雪もあっという間に川に落ち、花びらは忙しげに流されていく。季節の移り変わりはいつものことながら早い。今年は木蓮と桜が同時に咲き誇っていたかと思うと、はやツツジと桜の取り合わせ、柳の青さも目に染みる新緑の旬となってきた。

カメラを持って万歩近く歩いたので昼体操で身体をほぐそう。

そう衣替えもせねばと気ぜわしい季節である。


（'09.04.16）

今朝は月一回のゴミ出しの日だ。珍しく前日から新聞、雑誌、段ボールそれに物置に詰め込んでいた書籍類など用意していた。

いつもは体操をすましてから指定場所まで運んでいるが、今日は空き缶もあり、先に運んで片づけておこうと先ずは重たい新聞を両手に出かける。入れ違いにお向かいの奥さんが同じように新聞を両手に出てこられた。朝のご挨拶を交わし、空き缶と段ボールをだし終えた時には一緒になっていた。

「帰ってきてはりますな」

「はぁ、いや二人だけなんですねん」

「いやぁ、それはうちも同じですわ。孫もせいぜい中学生までですね」

「そうですねぇ。部活とか何とか言って夫婦だけで帰ってきてますねん」といささか不足そうな奥さん。

つづいて
「お宅のお孫さん、大きくなられましたねぇ」

「そうなんです。もう背伸びして、ごまかしても背丈は負けてます」と返す。

奥さんが
「私が一番小さいですねん」

「いや〜それはうちも同じですわ」

そう言えばうちの孫もしばらく顔を見せないなと苦笑いしながら会釈してわかれる。


昨日から日頃使わない筋肉を使った所為か、腕の体操を始めると関節がボキボキと音をたてるが心地よい。

お向かいのガレージに入っている川崎ナンバーの車に目がいき、先程の会話を思いだした。息子さん夫婦だけの里帰りにお婆ちゃまは期待はずれで、いささかご不満のご様子、その気持ち分かるなぁとほくそ笑みながら下半身の体操に移っていた。

ゴミ出しをしだしたのは、もう大分前からである。隣も向かいも似たような年代のご夫婦だが、男がゴミ出ししているのは私だけ。初めの頃はなんだか照れくささがあったが十年選手にもなると、もうなんの抵抗もない。

朝の体操もいつの間にか次の運動となっていて、えっ、途中を抜かしていなかったかなと思う時がよくある。体操に集中出来ずに、頭の中は、あらぬことを思いふけっているのだ。

午前中は在宅の予定なので、まず未処理の雑件を片づけてから、エッセイの続きを入力することにしようか。そう、今日はBGMも変えてみよう。朝は低音のチェロがお似合いと思っていたが、選んだCD、ピアノの伴奏が時として主役のように聴こえ、静かで落ち着いた曲ばかりではなかった。どうもチェロは無伴奏の方がよさそう。いっそ、好きなヴァイオリン協奏曲の方が元気が出て良いかもしれない。そうしよう。今日はモーツァルトの三番、五番のCDに変えてみよう。

若い頃はクラシックはまるで縁の遠い存在だった。僅かに聞き覚えているのはラヴェルのボレロとグリークのピアノ協奏曲第五番ぐらい。ボレロは同じメロディを厭くことなく何度も何度も繰り返す。それぞれの楽器が綾織りなす音色など、その曲の深さが歳を重ねるほど伝わってくるような気がする。名曲は聴き厭きない。

一方、グリークのピアノ協奏曲も名曲だが、出だしのインパクトがあまりにも強烈で、第二楽章からは冷めた感じで聴いてしまっている。印象深いのはその二曲なのに、何故か好きなのはソプラノとヴァイオリン？　どうしてか分からない。

さて、今日は流れるように華麗な音を織りなすオーケストラとヴァイオリンをＢＧにして推敲を重ねて参ろうか。

体操が終わる頃には空も少しずつ青い箇所が増えてきた。予報では快晴と言っていた。今日は日中かなり暑くなりそうだ。

（'09.05.07）

巣立ち

今日も暑くなりそうだ。でも陽が高くならない間は湿度が少々あっても過ごしやすい。今朝はそよ風もあって結構清々しい感じさえする。

雀が元気よく鳴きよく飛び廻っている。体操しながらも眼は雀たちの動きを追っている。目が慣れてくるとまだ巣立ちして間もない小雀がいるのがわかった。身体も小柄、鳴き声も小さく飛び方も幼い。今頃が巣立ちの季節なのか。

そう言えば先日、京都・美山、茅葺きの里で畦道を歩いていると突然飛び立って驚かされた鳥がいたが茅葺き民家の置き千木のある棟木に留まった。後を追ってその民家に近づくと鳶(とんび)がピーヒョロロ、ピーヒョロロと盛んに鳴いていた。望遠にレンズを取り替えてファインダーを覗くと如何にも羽毛はまだ綺麗に揃っていなく、巣立ちしたばかりと思える幼鳥(おさなどり)と判った。遠く道を隔てた電柱にも一羽、その他からも鳴き声が時々聞こえてくる。

期待していた、雨に霞む里景色は予想より雨が早くあがってしまって短時間しか撮れなかった。だが気がつくと、身近で見かけたことのない鳶をモチーフに小一時間、フィルム一本夢中で撮っていた。

はじめてのことで充分な計算が出来ず、やたらシャッターを切っていたので、苦労したわりには鳥類図鑑には使えても作品にはなっていないのではないかとの思いがする。

燕は一足早く巣立ったようだ。

今日は休日。静かな朝の空気を裂いてけたたましいパトカーのサイレンで目が醒めた。マイクの大声も聞こえてくる。近くの交差点付近だろう。朝から交通事故かな。少し早いが起きてしまう。

膝を掌で幾度も揉みほぐし、恐る恐る膝を曲げ腰を落としてそろっと坐る体操、ポキッしてみよう。

と音がした時は要注意、そこで終わることにしている。なんともない。ならば一足立ちも

薬漬け

昨日の朝、玄関脇の槙の木あたりで蟬が身近で突然さわがしく鳴きだした。ほんの短い時間で泣きやんだ。今朝はお向かいから複数の鳴き声が聞こえてきた。そう言えば、写友が一昨日、「今朝、蟬がなきました。夏ですねぇ」と生国魂神社の境内で話していた。その時は、旧家の多い寺内町には緑も多くて早いのかなと思っていた。

そう、通りがかりの旧村の家には、サルスベリも真紅な花を青空にむけて誇らしげに咲いていたなと思いながらの朝の体操。

梅雨明け宣言なんて人間の都合で考えたことで、もうしっかりと季節は夏だ。

一昨日、カメラをさげて三時間あまり季節の風物詩、夏祭りを撮りに出かけた。昨朝はなんとなく腰が重かったが、今朝は大丈夫な感じで安心する、他人には分からぬだろうが、毎朝体操していると年々、体力が落ちてきているのがひしひしと実感させられる。

ふりかえってみると、医療の進歩と薬漬けで、今日までなんとか元気で生き延びてきた

ということでもある。

高血圧症で降下剤、不整脈で、胃のポリープでとそれぞれの治療薬、それに精神安定剤が内科から、外科からは胃ガン手術後、消化剤を、それに泌尿器科で前立腺肥大、眼科で眼底出血治療後、血栓を抑制する薬と白内障の点眼薬まで、数え切れない薬を服用している。一つとして全治していらなくなる薬はない。ずっと飲み続ける他ないようだ。まさに薬漬けそのものだ。

診療も胃カメラ、大腸カメラ検査をはじめ超音波検査、血液検査心電図検査、眼底検査などは定期的に、その結果、胃ガンをはじめ眼底出血、胆嚢結石はまったく自覚症状のない時に早期発見、治療や手術で助かった。

永年、納めてきた健康保険料の収支は間違いなくプラスだろう。しかし、比較的最近ごっそり天引きされている介護保険料は果たして元が採れるだろうか。

今日も暑くなりそう。日々是好日也。

（'09.07.13）

鳥の巣立ち

朝晩、ずいぶんと涼しくなってきた。今朝もそよ風がなんとも心地よく朝の体操も軽やかだった。

今年の梅雨時から鳥の巣立ちに気づいたが夏もすでに暦では処暑も過ぎ、早くも秋の匂いが風に乗ってきだした。

先日、体操をしているとお隣の葉が茂った木からバタバタッと目の前を飛び過ぎ左向かえの電柱にとまった鳥がいた。

すると少し離れた反対側からしきりにググー、ググーと鳩の鳴き声がした。だが驚かされた鳥は電柱にとまったまま、体操が終わってもジッとしていた。

そうだ先月、美山で畦道から急に飛び立った鳥に驚かされた時と似ている。

そういえばお隣の枝葉がよく茂る木に名前を知らない鳥が数年前から巣作りをしている。

多分、巣立ちを見たのではとしばらく観察していたが、ピクッともせず、首だけを左右にふっていた幼い鳥は鳴き声のする方に、漸くのこと飛んでいった。

はじめて雀、鳶につづいて、鳩の巣立ちも目撃！した。


目と鼻の先と言って良い近くに高層の総合病院が完成、移転してきて一ヶ月、心なしかピーポー、ピーポーと救急車の音が増えてきた。

一病息災というが、四十歳代からの高血圧症治療をはじめ、眼底出血治療や胃ガン手術後の経過検査に加えて前立腺肥大で泌尿器科、それに加えて入れ歯の不具合があると歯科にと医者通いはつづいている。いずれも元どおりになる訳もなく、現状維持がベストということになる。

一方、「歩く」ことがまったく苦にならない生活がつづけられているのはたいへんありがたいことだ。これは父親譲りで親父もよく歩いていた。八十九歳で亡くなる一年くらい前ぐらいからは少し苦になるようになっていた。
そんな記憶からすると、歩けている間は多病息災?かも知れない。

（'06.09.01）

◎◎◎◎◎

いつも朝の体操の前に血圧を測っているが、そのタイミングが結構難しい。起きあがってからトイレ、洗面をすまし新聞を取ってきて約十分ほど心おだやかにしていたときがベストであるのはわかっているが、なかなかそうはいかない。直ぐだと高いか低すぎるすることが多い。早く外出する予定があるときや何か緊張するような日程がある時などはどうしても高くなる。

測定の合間にいつも目に付くのが朝刊一面下段の広告、出版物の広告だ。ある日、写真集「月の空」というのが目に入った。空の月なら当たり前だが、月の空とは？どういうことなんだろう。

月面から見た空なんだろうかと老眼鏡をかけて、よく読んでみるとそうではなさそうだ。ははーん、読者の気を惹くためにつけたタイトルなんだなと思った。

こんなインチキくさいタイトルを老舗出版社が使う時代になったのかとがっかりしながら玄関に出ると秋風の心地よい青空に白い残月が真正面に見えた。そして英訳すればどうなるの？多分、直訳は出来ないだろうなあなど勝手な思案をしながら体操していた。

後日、大型書店に立ち寄った際に思い出し、写真集コーナーを覗いてみるとあった。心に引っかかっていたので立ち読みする。

案の定、地球から見た空の月で、月面から撮ったものではない。またしても英訳すればどうなるのかなと気にしながらページを繰っていたら、英文で奥付タイプのタイトル、撮影者、編集、印刷、出版社等が書かれているページがあり、それには「Moonlight Night」とあった。この方がよっぽどお洒落ではないか。

生涯、月の写真を撮り続け、これで四集目の写真集というプロ写真家の作品にはもちろん興味はあるが、私の好奇心の行きついた先は、あまりにも毒されたタイトルものには決して手を出さないという事だった。写真集「月の空」（写真家・森　光伸）

ある日体操を終え、新聞を読みながら朝食を摂っていたとき、文化欄に、「小林秀雄賞に『日本語が亡びるとき』」という見出しが好奇心を掻きたてた。

パソコンの影響などで、だんだん日本語が読めない、書けない時代になってきていることは肌で感じているが「亡びるとき」とは見逃せないタイトルではないか。

記事には

「日本語を取り巻く状況を憂いた本書は、昨夏、文芸誌に掲載されたときから話題となり、単行本は現在6万部を発行。『亡びる』という刺激的なタイトルは、水村さんの日本語への愛情と切実な危機感がにじみ出ている」とある。

でも「亡びるとき」という表現には奇を衒い過ぎる感じが否めない。えっ、どんなとき？いつ頃？という感じを与え、CMのいかにも売らんかなのキャッチと同じようにしか思えない。

紹介記事を読んだ限り、中味は同感できる立派なものに違いない。

なのに売るためにはそんなタイトルが必要なのか、本の品性を問われるタイトルではないかと、そちらの方を憂う心境となる。

気になって本屋へいくと『日本語で読むということ』『日本語で書くということ』と三

部作の単行本が並んでいた。直ぐに見つかったから売れている方なのだろう。早速『日本語が亡びるとき』を立ち読みした。

立ち読みのときはだいたい奥付から始まって、あとがき、序文、目次の順で読み、気になった箇所を拾い読みする。矢張りそうだった。タイトルは出版社の担当編集者がつけたものと序文で著者が紹介していた。エッセイ集『日本語が亡びるとき』（作家・水村美苗著）

温暖化で地球が危ないと政治家や一部のマスコミが言うが、危ないのは地球ではなく人間だ、という文章を見た記憶がある。

皮肉なことに、すり替えや刺激的な造語そしてキャッチが日本語を危うくする手助けをしているのではないだろうか。

（'09.09.14）

◎◎◎◎◎

つつじが咲いた

玄関脇のツツジが久しぶりに沢山の花を咲かせた。今朝は満開、背筋を真っ直ぐ伸ばし快晴の空に向けて両手を組み上げ心地よく朝の体操を始める。

すでに新聞、テレビなどメディアもつつじ処の写真などを掲載し新緑情報へと模様替えしている。それにしても今春の気象は年寄り泣かせで暖かいと思えば翌日は暖房なしには過ごせない。それに雨も多い。着るものも日替わりで仕舞いかけた冬物と薄手のものとを入れ換えるこまめな対応にせまられ、身体も頭もなかなかついていけない日がつづいている。

でも今朝は温度は低いものの日中は暖かそうだ。何時ものことだが体操しながら色々なことが頭に浮かんできて無意識で体操していた。
いま満開のツツジは
「今年は蕾が大分ありそうだよ」
というと
「そぉ～」
という気のない返事が返って来た頃から日ごとに蕾らしいのを増やし見つけては数えたりしていたが、三月末ごろには約40個ぐらいは確認できた。

家を建て引っ越ししてきたおりに植えたツツジは後から植えた槙に遠慮してか、ここ十数年まともに咲いたことがなかった。
一輪も咲かなかった昨年、思い切って剪定してみた。スケスケになってみすぼらしいなと思っていたが三ヶ月も経つと新芽から若葉にと時折鋏を入れて形を整えないといけない位勢いがあった。だがその後も鋏を入れつづけていたので、花芽も摘んでしまったかも知れず今年も期待出来ないだろうと思っていただけに突然の変化に大変驚いた。と同時にまめに剪定したのが良かったのではと自己満足し「思い切って剪定してよかった」というと妻は「柘植を抜いたのが良かったのと違う」と返ってくる。

そういえば昨秋に庭師がきてくれたときに、抜いてもらうよう頼んでいたなと思い出していたが、内心、俺がまめに剪定していたことを認めようとしないないといささか不満だった。挙げ句の果てに「剪定したあと溝に落ち葉が残って掃除するの、大変や」とボヤキまでおまけがつく。

ショッキングピンクは好みの朱系とは違って今ひとつ好きな色ではないが四十数年ともに過ごしてきた愛着からもしやとの想いで剪定をつづけているのだ。

それにしても今年の咲き具合は満点だと一人悦に入っていると体操の順番があやふやとなり、途中で飛ばしたかなと不安になる。まぁ毎日続けているので、無意識でしていてもまず抜けることはない筈だが不安なのだ。

前々から朝の体操、どのくらいの時間がかかっているのか、計ってみようと思っていたが先日、気づいて計ってみた。約16分だった。その後、片手を真上に上げ身体を横に倒すのと足を開き腰を落として屈伸する運動の回数を倍に増やしたが何れにしても20分もかかっていないことがわかった。

その日の夕方、買い物の帰り車から降りながら
「きれいに咲いたわね。真ん中にもちょっと咲いていたら、なおよかったのに…」
「いや、そこは枝を剪りすぎたんや」
「そぉ〜、でも柘植抜いてもらってよかったわねぇ」
と夫婦の会話はまたしてもすれ違う。

お向かいさんの庭にはハナミズキと真っ白なツツジが咲き誇っていた。

《ついでに》
「つつじ」と入力して変換キーをクリックすると瞬間に「躑躅」と読みも書きも出来ない漢字がなんの苦労もなく出てきた。
使わないでおこうと思った。

('10.04.25)

◎◎◎◎◎

時折、すぅと涼しい風が顔を撫でる。昨日の疲れや痛む箇所はないかとおっかなびっくりで始めた朝の体操。

すさまじい蟬時雨もどうやら盛りが過ぎたのか今朝は静まりかえっている。雨戸や庭木の葉っぱ、枝や庭に転がったのやら、沢山の蟬の抜け殻が目につきだした。

昨日は仲間と伊吹山に夜が明けていない朝四時に出かけた。雨の予報で二日ずらし昨夜の予報は晴マーク、今日は空気の澄んだ紺碧の青空だと期待にもえてスタートしたが気がつくと星が出ていない。あれ、曇っているんだと途中から気になり出していたが、近江路に入っても一向に陽がさす気配もなく白々と明けていく。

関ヶ原ＩＣあたりからフロントガラスに水滴がつきだした。ドライブウェイの料金所で「山頂は雨ですがいいですか」と念をおされる始末。だが山頂駐車場に着いた頃にはあがっていた。

休日の所為か、まだ六時半というのに車も人も結構多い。観光バスも一台いた。

歩き出すと間もなく石ころだらけの登り坂、その左右に小さい高山植物が見えだした。山上も谷間も深い霧や雲が垂れ込んで稜線が僅かに見える程度、これでは花を前景にした広大な風景写真はとても望めない。もっぱら、黄赤色に黒い斑点のあるコオニユリや背丈ほどあって傘のように開いた白いシシウド、それにあざやかな赤で一面の緑に映えるシモツケソウなど雨露で濡れた可愛い花を探しながら、見つけてはカシャッ、四〇分で行けるところを一時間半以上かけて標高一二九九メートルの山頂に辿りつく。

お腹が減ったなと茶店を覗き、「空いてるよ」というと「えっまだ八時半ですよ。もうお昼ご飯食べるの？」と言われて、こちらも驚いた。確かに車の中で四時過ぎに朝飯代わりにサンドイッチとバナナを食べたが私の腹時計ではもう何か食べないと…、計算は間違っていない！　だが衆寡適せず、早い昼食は諦め大福を四人分買い空腹感を満たした。

相変わらず雲の移り変わりが早く好い感じの霧がかかったとカメラをセットしている間

にもう全面濃霧となってしまう。かと思うと青空も見えたりする。そうした繰り返しの激しい気象状況なので、しばらく様子を見ることにした。途中の雨で濡れたカッパを脱ぎ、三脚にかけ風にあて乾かしていたが雨で腰掛ける場所もなく、気温は21度。その間も登山客は霧の中から次々と現れ、山頂は人だかりと言ってよいぐらいとなる。幸いに雨は降らず、午後にむけて回復するだろうと期待するが、こんなに人が増えてくると写真も撮れなくなるので伊吹山見どころのお花畑に向かうことにした。

旬を迎えたお花畑は群生するシモツケソウにのっぽのシシウドや紫がきれいクガイソウ、黄色くて目立つメタカラコウなどが色を添えている。あちらからこちらを、こちらからあちらを時にはアップでと一帯を撮りわけた。

昼近くなると人出は益々増え、もう天気の回復も望めそうにないと諦め折り返し、茶店で昼食を摂り、下ることにした。

帰りの登山道でも天候は回復せず、登りに撮った花も早朝のいきよいもなく「やはり花は朝でないとダメだな」と言いながら小石がゴロゴロした足場を気にしながらの下山となった。

10 kgを越す機材を背にした伊吹山撮影は昨年もこれで終わりかと思っていたが、今回の挑戦も何とかクリア出来た。でも、もう来年は無理と自分に言い聞かせながら缶ビールで疲れを癒す。帰ってきた下界は35度を越していた。

おっかなびっくり、こわごわの体操だったが無事に終わる。身体の調子もまずまず。重い機材をもっての登山だったのでさすが腰は少し重かったが、どうやらかねてから少し調子の良くない左膝も特に痛みもなくホッと一安心、ひょっとしたら来年も行けるかも…。

蟬がまた耳元近くで喧しく鳴きだした。

（'10.08.04）

〈お花畑の花〉
シモツケソウ＝赤
コオニユリ＝黄赤色に黒斑点
クガイソウ＝細長く紺色
シシウド＝背が高く一メートル以上、白色で花火のような形
メタカラコウ＝細長く黄色

〜ルンルン気分〜

電車に乗ってお出かけ

いらぬお世話心

ゴールデン・ウィークの始め、美山の茅葺きの里で鯉幟を、あわよくばプラス田植を撮りたいとカメラ機材一式を肩にして出かけた。

京都駅から山陰線、園部行に乗った。京都駅には早めに着き折り返し電車の到着を待って乗ったので、ゆっくりと四人がけのボックス席を独り占めして、進行方向の左側窓よりに座ることができた。

出発時間近くなると乗客が増えだし、私の前の席にも初老風の夫婦が席をとった。浅い紅色の帽子でスラックス姿の奥様、お揃いで同じ形をした浅い紺色の帽子の旦那様は、渋い色合いとデザインの布製、Ａ４サイズは楽に入りそうな手提げ袋を左腕にかけ、二人とも軽装だ。

旦那様は座ると同時に二、三枚、パソコンでプリントしたような印刷物を取りだした。如何にも観光といった感じで、どうやら一枚目は日程表というか、行程表らしきもののようだ。隣の奥様は黙ってその布袋に手を突っ込み、新聞をとりだした。その間、旦那様はピクともせず二枚目、三枚目と熱心に見入っていた。奥様が両手を拡げて新聞を読み出すと旦那様は黙って体を窓際にひねっている。

山陰線は単線で京都駅の次ぎ、丹波口、二条とやたら停車時間が長い、二条からは座れない人も増えてきた。

このご夫婦は観光客に違いない、どこまで行かれるのかな、どちらから京都観光に来られたのかなと、勝手な想像を始めていた。二条で降りて市内見物かと思っていたら、駅に着いてもその様子もない。

旦那様が体を寄せ、見ていたプリントを指さしすると、奥様はうんと頷く。太秦が近づいてくると新聞をたたみ、旦那様の腕にかかった布袋に無造作につっこんでいる。それを見てあっ映画村ゆきかなと思っていたら、そうでもない。

とすると後は定番の嵐山、嵯峨野しかない。やはりそうなんだと独り合点していると旦那様は目をつむったままだし、外の景色で間もなく次の駅だとわかるのに奥様も降りる支度をする素振りもない。

わかっていないかなと、こちらが、やきもきしてくる。やがて嵯峨嵐山駅に着くと満員になった電車から乗客の大半が降りる。だが前のご夫婦はその気配もない。

完全にカンがはずれた。するとますます気になる。

嵯峨嵐山駅を出るとしばらくは左右に懐かしい嵯峨野の景観が続くが、やがて長いトンネルに入る。

お向かいさん夫婦は落ち着いたもので、旦那様は奥様が読み終えた新聞を拡げ、奥様は目をつむってお休み。

トンネルを抜けると鉄橋、眼下に保津峡が見える。新緑の拡がる山峡に山桜が見事に咲いている。旦那様はそれに気づいて、肘で奥様に合図するも反応がない。目を送っているうちにまたトンネルに入る。

何度かトンネルを出入りして漸く明るい視界が開け、景観の良い谷間にでるとそこが峡谷にかかる橋の駅「保津峡駅」だ。嵯峨嵐山に次いで大勢の人が降り、車内がうんと空いてきた。

発車するとまたトンネルが小刻みに続く。しばらくすると奥様が居眠りしだしていたご主人に腕で合図を送り、目で空席になった隣の四人がけの席にサインを送る。一瞬、間が空いたが二人揃って立ち、奥様は進行方向を向いて窓際に、旦那様は反対の通路側に席を変えた。

ようやく田圃が見える平地に出たころ、奥様は靴を脱いで前の席に脚を乗せリラックス。旦那様はコクリコクリと気持ち良さそう。

暫く走ると亀岡だ。保津峡の川下りやトロッコ電車も此処から出ていると、いらぬお世話心でいるのに、ここでもまったくその気配はない。やれやれ。後は終点の園部しかない。園部にはそんな観光地もない。これはひょっとすると私と同じ美山行きなのかな。それならバスまで一緒だ。バス乗り場が判るかな?なんて勝手な心配をしているうちに「次は終点、園部です」との車内放送がながれる。

さすが奥様は旦那様を起こし、支度する。こちらも重いリュックを背にカメラバッグと三脚を両肩にしての降り支度、バス乗り場まで案内してあげてもよいかなと思ってプラットホームに降り立ったが、なんとその夫婦は同じホームの反対車線に待っていた福知山行きの列車にそのまま乗り換えた。

これは全くの想定外、最後まで読みが外れてこんな勘の悪さでは、今日の撮影はどんなことになるのやらとバスの中で思案する始末となった。

('07.10.16)

8×10

プラットホームにいた小学生が一通り乗客の出入りが終わった後にドッと乗り込んできた。

ワイワイガヤガヤそれは賑やかなこと、引率の先生が口に手を当ててシッーと手真似で注意するが一瞬静かになっても直ぐにあちこちからハイトーンの話声が増幅されてくる。

五月晴れの朝、通勤時間も終り空いていそうな各駅停車でのんびり行けると思っていたのになんとアンラッキー、次の駅で後続の準急に乗り換えようかなと思ったが折角シルバーシートに座われたのにと思い直していると、前にたった女の児二人の会話や仕草が気になり出した。

「わたし、もてるよ」

　手を伸ばしてやっとつり革をもった児が自慢げにいうと隣の子が
「わたしももてる」

と精一杯両手を上げてもってみせる。

　こらこら、遊び道具と違うでと言いかけたが別に足を上げてぶらさがっているわけでもなく、まぁいいかと観察していると
「さやかちゃん、うち小さいとき中国へ行ってきてんでぇ、四歳のときやから覚えてへんけど」

「うちは一歳ぐらいの時、アメリカへ行ってン」

　名札をみると三年生だ。

「かおりちゃん、ここ空いてるやん。座りたいな、先生すわったらあかん言うてはったけど」

と言いながらも、そのうちにわたしの隣にちょこんとすわっていた。

「どこに行くの」

と聞くと
「奈良」

とさやかちゃんが返事する。頑張ってつり革に両手を伸ばしてしている、かおりちゃんの脇に指を触れる素振りをするとにゃっとしながら「あかん、こそばいやん」と答える。こんどはヘソのあたりに指をもっていくとつり革を離した。
突然「オッちゃん、何歳？」
とさやかちゃん。
「幾つに見える」
と言うと
「う～ん六十歳」
　ニコッとして
「ありがとう」
と答えると
「じぁ七十歳」
とかおりちゃん。また
「ありがとう」
と言うと
「もっと～？　わからん」

「八十一歳」

というと
「ふ～ん、そんなに見えへん」

とさやかちゃん、つり革をもっている、かおりちゃんが
「へぇ～、うちの曾ばあちゃんと一緒ぐらいや」

　こんどは
「おっちゃん、足し算出来る。30＋30＋30はなんぼ？」

とくる。少し考えたふりをして
「89～と一つかな」

と答える。暗算がだんだん苦手になって来ているので内心、ドキリとしていた。

　三年生と言うと八歳、×（カケル）10が私、なるほど上の孫娘が昨年成人式だったから曾孫があっても不思議ないなと、一人、納得していた。

「クラスは何人いるの」

「三十人、三つあんね。そやから九十人や」

「そう、オッちゃんの時は五十人やってん」

「ふ～ん、そんな、おおかったん」

「オッちゃんの手、皺おおいなぁ」

と指さす。

「掴んでみい。皮だけつかめるで」

彼女はこわごわ私の手の皮を掴んだ。

「へえ～ほんとや、うちはどうやろ」

「どやろなぁ」

と言いながら彼女の手の甲を掴んでみると、もちもちしたとても懐かしい感触がした。

こんどは彼女の膝に指でトンと一つ叩くとすぐにこちらにトンと返ってくる。次は二つ
すると二つ、そして三つと……。

乗り換え駅が近づき、

「みんな。おりるよ」

という先生の甲高い声がした。

「おっちゃん、またあえるかな～」

「う～ん、どうかな？　でもどっかであえるかもわからんな」

と言っているうちに着く。

ずっと両手でもっていたつり革を離した、かおりちゃんが

「オッちゃん、さいなら」。さやかちゃんも
「バイバイ」
「気をつけていっといで」
と言って思わぬデートタイムは終わった。

（'10.5.19）

楽しからずや雨の日も

朝の体操をしているとポトンポトンとガレージのポリ屋根から音が聞こえだし、その内に玄関前のアスファルトに点々と雨滴の跡が増えだした。やっぱり予報通りだなと思いながら、今日はどうしたものかなと思案していた。

遅めの朝食を済ました頃には雨音も聞こえなくなっていた。さてどうしたものかとまだ迷っていた。

昨夜、ネットで調べ直してみたが明日、予定している撮影会の行き先、住吉大社と公園それに阪堺電車の走るスナップはウィークデイで催事もなく、唯一あてにしていた菖蒲も無さそうだしこの雨では子連れの散歩などのスナップも無理。

そうだ菖蒲と言えば一昔前に堺の白鷺公園や大鳥大社に撮りに出かけたことがあるのを思い出した。どちらも月曜日でも休むことはないかとネットで確認した。大鳥大社は六月に入らないとどうも無理なよう、一方、白鷺公園は大丈夫のように思えたので電話で尋ねてみたが、朝から何度コールしてもつながらない。

ちょうど雨はあがっている。えぃ、思い切って行って見るかとカメラ機材と雨具の用意をして出かけることにした。

靴を履きながら

「行ってくるよ」

と言うと

「傘忘れなさんな」

と返ってきた。この天気に傘忘れる阿呆がおるもんかと思いながらも

「判ってる」

と言って出かけた。

同じ行くならもう少し早いほうが良かったのにとか三脚とカメラバック、ウン忘れ物はないなと確認しながら旧村を抜ける頃、傘を持っていないことに気づいた。これはまずいことになった。といって今日は傘なしに一日すむ訳はない。う〜ん仕方ないとバック、玄

関の鍵を開け傘を取りだしていると気配に気づいたのか妻の足音が聞こえてきたので慌ててドアを締め飛び出した。

引き返したお陰で山本駅近くにくると準急が来たが間に合いそうにない。休日ダイヤでこれはだいぶ待たされるなと改札を入ると次の各駅停車は鶴橋まで先着するようでまぁまぁかと背中合わせのベンチに座わる。と後ろから嫁の愚痴話を陰気な声でしているのが、もろに耳に入ってきた。そんなもの何処にでも山ほどある話、もう少し上手く適当に付き合う方が良いに決まっているのにと人ごとながら、ネガティブな愚痴話に腹立たしい思いがしていた。やがて電車が到着したので、どんな人かと振り向くと皺の数ではるかにこちらが負けている二人の老女だった。

乗り損ねた準急は混んでいたが各停のせいか空いていた。連結側のシルバーシートに座ると向かいの席には柄物のカッターシャツの上にポケットが沢山ついたウグイス色のベストを羽織って茶系で揃えたパンツ、ソックスにおしゃれな革靴、右手にもった大きさは中ぐらいの角張った革鞄、縁は金ピカ持ち手も角い。その立派な鞄を左横に置き、これもおしゃれな傘を反対側の右に置こうとするが立たない。そんなもの立つ訳ないと思いながら見ていると幾度も立て直すが上手くいかず、今度は左の鞄の持ち手に傘の丸く曲がった持ち手をはめ込もうとするがこれも不成功、次には鞄を右に置き直し傘の柄も漸くのこと納めることが出来た。もうその時は八尾駅も発車していた。その間左手は競馬新聞を持ったままだった。

私の隣に座った人もスポーツ新聞の競馬欄を見ていた。は〜ん今日は京都か阪神であるのかな。それとも場外馬券かなと思っているとお向かいのおじさん、鞄から眼鏡ケースを取りだし、金縁の眼鏡を今かけている銀縁の眼鏡にかぶせていた色眼鏡を外してカッターの胸ポケットにいれ、そのうえからかけた。耳にかける眼鏡をダブってかけるなんて見たこともなく、驚いていると胸ポケットの赤ペンを片手に競馬新聞を見かけたが、直ぐに止めて下になっている銀縁の眼鏡を外し、胸ポケットにいれようか、鞄に入れようか散々迷ったあげくベストの内ポケットに入れた。

ようやくのこと、本日の馬券作戦開始！と思った瞬間、大クシャミで新聞が震えた。おうおうと思っていると新聞を膝にしてまたしても胸ポケットを探り出した。顔を見ると鼻と口の間が光っている。あっテッィシュを取りだした。あ〜あ、おしゃれなおじさん、格好つかないな。さて次はと思っていると丸めたティッシュを何処にしまおうかとベストの内外の沢山あるポケットをあちこちしているかと思うと眼鏡を入れた胸ポケットに、さすがもう入らない。散々迷ったあげくズボンの右ポケットに漸くのこと収まった。その頃にはもう布施駅で後続列車の通過待ちをしていた。

さぁて折角買った競馬新聞からの情報集めや馬券作戦はどうなることかとこちらが気になり出したが右手の赤いペンはぴくともしない。

お陰様で鶴橋まで退屈せずに過ごせた。おじさん、ひょっとすると好運がまっているかも……。気をつけて行ってらっしゃいと思いながら乗り換えする。気が付くとまた雨が降っていた。やっぱり予報通りなんだと環状線で新今宮へと向かう。

天王寺止まりが多いのに丁度来たのが外回りの環状だった。座ると前の席のドア側にビニールにくるまれたでかい楽器ケースが置かれ席に座った学生らしい年頃の男の子が手を添えていた。直ぐにコントラバスだと判った。それにしてもこの大きな楽器を何時も電車に乗せて持ち運ぶのかと驚いた。その隣には女の子がどうやらチェロらしい大きさの楽器の入った赤茶色のケースを脚に挟んで会話している。こちらが勝手にクラシックと決め込んでいるがコントラバスもジャズの世界ではベースとして使われているし、すると片方は何が入っているのかなととか、いずれにしても二人とも低音楽器の奏者に違いない。若い人が渋い低音の楽器にあこがれるのはどんなきっかけなんだろうなんて勝手な思いにふけっていると天王寺に着く。なんとチェロらしいケースを挟んでいた女の子がキャスターに乗せたコントラバスを持ち、男の子が「大丈夫?」と気遣いながら赤茶色のケースを肩に

かけた。思わず
「今日は演奏会？」
と声をかけると
「いいえ、練習です」
と男の子
「行ってきます」
と女の子から笑顔が返ってきた。

新今宮から南海の高野線で白鷺駅に向かう。電車で行くのは初めて、まだ会社にいた頃か辞めて直ぐかの頃だったなぁとか、カメラを始めて二、三年ぐらいしていたかな、するともう十年前後前のことかも知れないなと思い出しながら乗っていると三国ヶ丘や我孫子など当時の会社から近距離の駅名があり、白鷺公園を探して行っていた頃のことを少しずつ思い出してきた。

菖蒲園のあることは覚えていたが何時も時季外れで撮った記憶がなく自信が無かったのでそれが下見する気になった原因の一つだった。

その間、雨がだんだん強くなっているのはわかっていたがホームに降りると雨脚の強さを感じキャップのついた雨具を着て見覚えのある駅前のロータリーを線路沿いに行く。

歩き出すと強い雨脚に加え急に突風が吹き出し、昔を思い出す余裕もなく見覚えのある交番と団地のあるところにきて路が違うのに気づいた。そのころには雨風がますます激しくなり、道路も少々の水溜まりは避けようもない状態となった。

そう言えば近鉄の車内で偶然であったおっちゃんと話していた青年が「家で寝てたら大雨注意報が出たから出勤するように電話があったんです」と言っていたのを思い出した。そうだったんだ。

ようやくのこと公園への通路を見つけたが、真っ直ぐくれば十分とかからない。さて菖蒲はまだまだ早すぎるのか、気になるが、どちらの方向なのか、記憶にない通路から入ったものだから全く検討がつかない。小降りになった公園の土手で体操している人を見つけ、聞いてみるが、詳しいことは判らないという。

適当に歩き出すと大きな蓮池が見えた。遠目にも蓮は未だ早い。

そのまま行き過ぎると右側にくの字になった橋が見えてきた。これは間違いなさそうとしばらく行くと菖蒲が見えてきた。だがまだ殆ど咲いていなかった。でもところどころで何とか見頃のものが何カ所か見つかった。今の季節なら仕方ないわ。群生している写真は撮れずとも色合いも濃い紺からピンクまで何種類かの被写体がありアップの写真は撮れる。

よし、明日はここに変更しよう。直ぐに連絡をしなければと駅に戻ろうとしたが水だまりを避けて下ばかり見て適当に歩いているうちに方向音痴となり、かえって遠回りになったが駅に着く頃には風もおさまり雨脚も少しましになっていた。

これで明日の撮影会は何とかなると駅の待合室でカッパを脱ぎ、濡れたカメラバッグを拭いて一休みする。もうお昼になっていた。出かけてから水一滴も飲んでいないのに気づき自販機で飲み物を買い、持っていったパンを一口してとりあえず人心地がついたので少し遅くなるが天王寺か鶴橋で昼食することにした。

下見に来て良かったという満足感があったからかズボンの膝から下がずぶ濡れでも気にならず、帰りは三国ヶ丘で乗り換えればＪＲで鶴橋まで、もちろん天王寺で乗り換えはあるがわざわざ新今宮を経由せずとも良いと、明日のアクセスもきまり気持ちはルンルンだった。

すると同じように白鷺から乗り込んだ幼児とレギンスを履いた見るからに若いお母さんが気になり出した。その女の子はホームでもじっとしていなくてお母さんが絶えず声をかけたたり腕を掴んだりしていたが車内でもあっちを見、こっちを触（さわ）り、上を見上げかと思うとお母さんにまとわりついていた。だっこをねだり抱き上げると身体を反らして好きに動き回り、落ちる心配はかけらもしていない。かと思うとお母さんの胸に頭をこすりつけ、自分のあたまをあごでとんとんして貰う。やめると催促している。う～ん、これが親子のスキンシップなんだなぁと可愛い仕草にしばらく見ほれていた。

三国ヶ丘でＪＲに乗り換えると直ぐに堺市駅、懐かしい。本当に久しぶり、毎日のように通勤に利用した駅前には想い出が一杯詰まっている。窓からキョロキョロ見ているうちに大和川を渡る。大阪市大のキャンパスに見入っていると直ぐに高架になり景色が往時とはまるで違って見えた。

天王寺駅構内でお昼をするつもりだったが、駅ナカの並ぶ飲食店に今ひとつ気が向かず、何時もの鶴橋駅ナカにしようとそのまま環状線に。鶴橋駅の反対側、つまり天王寺行きの乗り換えホーム階にある昔の立ち食いそば屋、今はリニューアルして結構、椅子席も多いし、中華コーナーもある。そこのあんかけ五目焼きそばがお気に入りだ。

時分時を離れていたので席は空いていた。四人席が空いていたが前にこの店のものではなさそうなウェットのお手拭きが袋に入ったまま置かれ、椅子にはビニール傘がぶら下がっていた。セルフなので席取りを先にしているんだと思ってこちらも荷物を置いて番号を呼ばれるのを待っていた時から食べ終わるまでそのままだった。椅子にぶら下がったビニール傘が気になり、帰り際に店員さんに告げると無表情にお手拭きとビニール傘を下げた。

こんな雨の日に傘を忘れて大変だろうになと今朝がたの事を思いだしながらカメラバックに三脚とだいぶ乾いてきた傘を持って近鉄ホームへの階段を降りた。

（'11.05.25）

阪急電車　芦屋川駅寸景

「あっ　定期あれへん。どっかへ忘れてきた」

「何処へ」

「わかれへん。どうしょう」

中学生らしい三人の会話が聞こえてきた。その内に駅員さんに相談していた。

五時半というのに帰宅する生徒たちが増え、狭い改札口はざわめく。そこへ電車が着いてホームから大勢の人たちが降りてくるとじっと立っているのも難しいくらいの混雑となる。

懐かしい見覚えのある洒落たセーラー服の女子生徒が男子生徒と一緒でしゃべくってい

る。そうなんだ。今はかっての女子校も共学になっているんだと気がついた。

約束の時間、約束の場所だが会うのは初めての人、その人らしい人を探すが見当たらない。

梅雨入りの小雨がふりつづく南口から高校生が三人、タオルを無造作に頭から肩にかけた女子高生が何か訳のわからない叫び声を出しながら持ち物を地べたに置いてかき分けている。二人の男子生徒はしらけた表情で構内の自動販売機のあるガラス張りの休憩コーナーに入っていった。

一方北口の方に目を向けると慌ただしく駅務室の駅員さんに
「これ、そこでの落とし物、声かけたんですが、聞こえなかったのか、改札を入っていってしまって……」

駅員さんはその白い薄物を着た若い女性に茶色横長の財布を開けて見せ、お札と硬貨などを確認しはじめた。

お～お～いろいろとあるもんだと変に感心をしていると、どっと階段をおり改札を出る人並みに道をあけ待ち人を見逃すまいと捜すが一向にそんな気配の人は見あたらない。

やれやれ、とまた少し静かになった南口にたってバス停から駅に向けて来る人に目を向けていると駅横のスィートショップからオレンジ色のブラウスに黒いタイツ、キャメルのウェッジサンダルを履き白い綱編みのニットを羽織っている女性が引きずりそうな裾を気にしながら出てきてそのまま構内のタクシーに乗り込んだ。先ほど北口から入ってきた女性だ。

ガード下には次々とお迎えの車が止まりこの駅で降りてきたユニフォームをきちんと着た女子高生が次々と乗り込んでゆく。先ほどの行儀の悪い女子高生とは私学でもユニフォームが違う。この駅から電車に乗って通学する子と此処で降りて通う生徒が入り交じっているのだ。

やれやれ、もう約束の時間が大分過ぎたのにと困惑していると先に見かけた中学生がまだ駅員さんと喋っている。確か定期をなくした子だ。ケータイをとりだしそのケータイを駅員さんに渡している。どうやら家族と連絡がついたようだ。

北口の方に目を移すと先ほどまで見かけなかった白黒のチェック模様のブラウスで普段着だろうが結構お洒落な感じ、肩まである長い髪を無造作にたらし化粧気もないが整った顔つきの中年の女性が人待ち顔で佇んでいる。こころなしか品が良さそう。

そう「芦屋」なんだと思っていると改札口から出てきた背丈のある若者が傍にいった。母子（ひょっとしたら若いバァバァかも）のようだった。大きな鞄を渡すと替わりに布バックを貰い、バイバイしてまた改札を通り反対側のプラットホームに行こうとして気がついたのか柵越しに見送っている母親に話しかけ、渡した鞄から下敷きをとりだして貰っていた。学校が終わってこれから塾通いとみた。

その間にも駅務室の窓口は忙しく、背が高くて中学生か高校生かよくわからない男の子が落とした財布を受け取りにきて学生証を出したりしているかと思えば、通路で大きな鞄を広げていた行儀の悪い女子高生と連れの男子二人が駅務室の前にいき、うちの一人が定期を紛失したと駅員さんに告げ、質問されると後ろにいる女子高生に

「自分で言えよ」

と振り向く。

駅員さんとのやりとりで一駅神戸よりの岡本駅で拾得物の届けがあったようで三人が大騒ぎ、彼女は訳のわからない奇声をはりあげ周囲の人たちの顰蹙(ひんしゅく)を買っていた。

その間に乗車券の自動販売機の使い方がわからないのか呼び出されたり、道案内をしたりで駅員さんは一人でてんやわんや。もちろん四六時中こんな事ばかりではないだろうが結構、大変な仕事だなと感心した。

そんなこんなで退屈せずに一時間以上待っていたが、肝心の待ち人は一向に現れない。六時半少し前に待ち人の勤先(つとめさき)に電話したが、もう誰も電話に出ない。ひょっとしてと二人ほど、失礼ですがと声をかけてみたが違っていた。相手のケイタイも自宅の電話もわから

ないので、ここでギブアップ。
およそ一時間半の立ちっぱなしと待ちぼうけで疲れたが、久しぶりの芦屋川駅、狭いプラットホームも戦前の作りそのままで懐かしかった。そして小雨降るその駅の夕方ラッシュ時に繰り広げられた寸景を、待ち人来たらずとも結構楽しめたのかなと諦めて、来た電車に乗った。

（'12.06.08）

たっちゃん

辰田一夫、一九二七年、島根県の山奥生まれ、幼児の頃に辰田家の次男として養子となり育ったという。戦災後は大阪市福島区の復興住宅に母親と二人暮らし、三年間学友というより、たっちゃん、じろやんと実の兄弟のような間柄であった。社会人となってからもその関係は変わらず家族同士の付き合いが続いていた。

「じろやん。若いころにちょっとお茶をやってたのは知ってるがお前さんが柄にもなく文章を書いてる。カメラもやってるなんて信じられへん。それに絵やクラシックの鑑賞も楽しんでるようやな……」

「そう言えばそうやな。クラシックは別として書くことも、観ることはたっちゃんの好きなことやったなぁ。カメラも先輩やな。

あれは確か昭和二十二年やったと思うが文化祭で戦後復活した宝塚歌劇の真似をして『逆瀬川の乙女』とかいう芝居をしたときも確か台本書いたのはたっちゃんやったなぁ。」

「堅パンのじろやんはポスターやプログラムを作ったりはしてたが嫌がって舞台にはあがれへんかったな」

「しょうもない学芸会みたいなこと、ようするなと思ってたわ」

「カメラも凝ってるらしいな。うちのむつ子と千衣が母子で二科展、観に行ったそうやがな。おれがカメラやり出したのは会社のサークルが出来て部長をと頼まれてそれから始めたんや。やってるうちにだんだん面白なってきてたのになぁ」

「気がついてみると面白いもんやな。たっちゃんがやってたことを後追いしたるみたい、社会人になってから七〇で退職するまでそんなこと考えもしなかったのにと思うとやっぱり不思議な縁かもね」

「文士を夢見ていたたっちゃんがそこそこの会社の営業担当常務になる。その上、十一時出勤を平気でしていたと聞いた時はびっくりさせられたな。そんなんでよう務まるなぁと俺からみたら不思議でたまらんかったが、あとになって上の信用も厚く部下の人望もあったと聞いて、うんお前さんの人柄が社風に合ってたんや。文屋を目指した柔な男がなぁ。凄い変身や」

「じろやんもおんなじやないか」

「そうかもな。俺は堅パンと言われてたからな」

「そやないか。営業も自分流で客先や仕入れ先の信用を得、ちっさな会社とはいえマネージメントを鋭く追求してまるで仕事の鬼みたいやった男が、考古学、カメラ、茶道、文章クラブ、クラシック観賞にラグビーも出来ないくせに大好き、などなど数え切れん程、欲張りもええとこや、人間が変わったみたいや。俺がやりたかったことを、いや俺の分までやってるようやなぁ」

「うん、自分でもすっごく欲張りやなぁと思うときがあるんや。

人の何倍も好きな事させてもらつてて、行く末は地獄が待ってるんと違うかと正直思うときがあるんや」

「それはな、じろやんが元気やからや」

「いや、それはそうなんや、長生き出来ているのは運良く好いドクターに巡り会えたことと女房殿のお蔭やと思ってる」

「判ってたらええ。俺の分まで長生きしいや。またそのうちにな」

梅雨が明け、蒸し蒸しと暑い朝方、起きがけに小一時間ほど夢うつつ、ウトウトと自問自答していた。

暑い日差しのなか用足しに出かけ角を廻ると直ぐに青田からむんむんと田圃独特の強烈な匂いが鼻をついた。正に真夏だな、年老いた者にとってはこの夏は大変だなと思いながら辻を廻ると真っ直ぐに家並みの日影が続き、さあっと涼しい風が走った。エアコンに頼ってとる涼より百日紅の夏らしい色つきを楽しみながらの自然の涼しさは遙かに上等なんだと思った。

そんな折りに、そうだ朝方見た夢か、或いは突然甦った記憶かかで、出てきた「たっちゃん」。

これを書きとめておかねばと思った。

在学中に新聞部に籍をおいた者の中で文集を作るサークルをつくろうと一年先輩の森瀬和男君（政経）から声がかかり、大学予科の福井敏夫君、理工科からは加藤俊弥君、真木宏君、辰田一夫君そして一年下の魚田俊三君（政経）と私の七名が集まり南田辺の森瀬君の自宅で始まった。

自然の成り行きで会長は森瀬、彼の指名で幹事は中野と決まり会名は七人だから「北斗会」、確か会名の提案者は自分だったと思う。余談になるが会名や会報の名付け親はその他、病院の患者と病院関係者との交流会の「きづなの会」、町工場の主の懇親会「ゆう友会」など結構ある。

手書きの文集の名は「彗星」これも私が提案した。当然のように一冊にまとめる編集作業は幹事中野の仕事となった。

紙のサイズは一緒だが原稿用紙あり白紙あり、縦書きには統一していたが紙質もバラバラ、表紙をつくるのは絵心がまるでないので苦手な作業だったが下手なりに楽しんでいた。

創刊号の原稿は直ぐに集まり、廻し読みして森瀬宅での合評会で喧々諤々、それこそ、遠慮なしの言いたい放題でお互いに下手やなぁという合意で終わっていた。

中身はエッセイが中心だったが中には「日本経済の将来」なんてまるで経済評論家のような大上段に振り構えたものもあってワイワイガヤガヤとそれぞれ個性的だったが楽しい仲間だった。 たっちゃんはいつも文芸論を書いていた。

初めは月刊という事だったがだんだんと原稿の集まり方が遅くなり、編集長?は原稿集めにケイタイどころか各家庭に電話もなかった時代、広いキャンパスをあっちの校舎、こっちの校舎と督促に歩いた。

また、どういう訳か部活は広告とりが専門だった同じクラスの加藤君と取材専門だった私の他はその会には出てくるが部室へ顔を出すものがすくなかった。たっちゃんも同じクラスだったが部室にはあまり顔をださなかった。授業もサボる時は出る方が代返役を引き受けていた。だから大の仲良しのわりには好きな事を別々にしていたようだ。同じ戦争末期の戦災者だということもあってか、お互いに狭い家に泊まりあったりしていたしズケズケ言い合える何故か気の合う仲だった。

戦後の学制改革もあって卒業年はバラバラだったが卒業後も三、四年は回覧雑誌「彗星」は発行されていた。


大阪駅前の闇市商店街（今の新阪急ビルから駅前第三第四ビル辺り）にあった「俳人」という喫茶店があり、新聞部の溜まり場になっていた。

元はと言えば新聞部の先輩達が利用していて、ご馳走になったりして出入りするようになったのだ。垢抜けした色っぽいぽちゃっとした丸顔の美人ママに惹かれて、学生の身分で金もないのによく出かけた。行けば二時間、三時間はへいちゃら、苦情ひとつ言わずに相手になってくれていた。時には留守番を頼まれることさえあった。

今にして思えば闇市にたよらないと生きていけなかった凄いインフレの時代に、よくもまぁ、あのママはのんびりと儲からない学生相手に店を続けていたものだと思う。きっと金回りのよいパトロンがいて暇つぶしに店をしていたのだろう。

たっちゃんは歌舞伎が好きとか落語家の話術は凄い、そして文楽がどうのこうのと、こちらは「ふんふん」と生返事ばかり、でも少しは耳に残っていた気がする。また酔えば都々逸がおはこ、小説も書きたい。文士になりたいとも言ってた、そんなたっちゃんは一足早く社会人となり、サラリーマンとなっていた。

こちらは進学したものの小遣いや本代まで出してもらえる環境でなく、中央郵便局の中に設けられた進駐軍ＧＨＱの郵便物検閲の準備をする夜間作業のアルバイトを一日置きにし朝、仕事が終わるとその脚で通学していた。

当然のことに毎日のように一緒にいたたっちゃんとも週末に日が暮れて閉まっている「俳人」の前を素通りして濁酒(どぶろく)屋通いをするようになっていた。

「今日は上手いことぬけられたんか」

「おう、上司に誘われたんやけどお前と約束してるといったら気持ちよく、わかったと言うてくれたわ」

と酸気の強い、とても上手いとはいえない濁酒を口にしていた。

昭和二十五年から未だしばらくは闇経済にたよらないと生きていけない状況が続いたが、中でも酒類は他の物価と較べるとべらぼうに高く、飲み屋で二級酒（合成酒）は高くてとても学生上がりの安サラリーマンの口には入らなかった。闇で作ったドブロク、飲むと酔いはまわるがお世辞にも美味いとは言えない代物だった。密造酒だから時々、警察の手入れがあった。

「かりこみやぁ！」

と声がすると店からとんで逃げた。店主だけでなく客まで逮捕され、曾根崎署で一泊させられると聞いていた。

それでも娯楽らしいものが何一つ無い時代、仕事帰りは飲むことだけが憂さ晴らし、楽しみだったのでよく通った。

美空ひばりのりんごの歌が流行っていた。

ふりむけど

歩めども夫の姿なく
共に語りし夢は終わりぬ

一夫のこと、どうしても書けません。お許し下さい。

片付けていたら一九七九年（昭和五十四年）に手書きをコピーした小冊子が出て来た。

その中にむっちゃんのお礼状が掲載されていた。その後にそえた短い手紙、忘れてしまっていた文面に彼女の想いがあらためて新鮮に伝わってきた。

古い手帳などの中から「1978年フリーダイアリー」が目につきパラパラ開いてみると
「たっちゃんが死んだ。
彼のことについて書きとめたいこと、書かねばおれないことがあまりにも一杯である。
だが今少し気持ちが落ちつく時まで
まとまったことを書けない。
三月七日、その朝その時まで一度もこのような別れを考えたこともない。我が人生でこれほど、別れの辛い、悲しい思いは初めてだ。日頃の仕事も忙しく、また悲しさが先立っ

て書き置きたい事柄が余りにも多く手につかない」（三月十三日月曜）

「もう半年が過ぎた。

いつの頃か、お前と俺のどちらかが死ぬようなことがあったら、子供の相談相手になると二人で約束した。

母一人娘一人となった、むっちゃんことむつ子さんと千衣ちゃんの相談相手はいざとなればなかなか難しい。今日まで随分と気にしながらも何一つとしてといっていいくらい実行出来なかった。近いうちに会い何でも良いから会話するチャンスをつくることにする」

（夜間パートさんのお付き合いで残業・九月九日午後八時事務所にて）

身体の対話

～左は怪我ばっかり～

「どうして左ばっかりが痛い目にあうのかなぁ」

と左の太ももが傷の手当てをしながらぼやく。

風呂に入るとき電気ストーブの前で裸になり、うっかり防護ネットの金属網に接触して火傷したのだ。

「そうやなぁ、なんで左ばっかりが災難に遭うのやろ」

と左の膝が相づちを打った。そして
「お前さんは見た目、何ともないのにどこが悪いねん」

と太ももが問い返すと

「いやぁ、ワシは年の所為やなぁ、ちょっと歩き過ぎたり、正座が長いと後で痛むんや。膝の皿あたりの軟骨がすり減ってきてんのかなと思ってんね。医者に診て貰ってへんけど……」

「フ～ン、そやけど右の方はどうもないのやろ」

「そうやなぁ、左足の親指が怪我してから、ずっと右足に負担かけてきてるけど、右のやつらは膝も足指もそれに太ももみんな元気やなぁ、なんでやろ」

「やっぱり左はできが悪いのんかなぁ、」

「いやぁそれは違うなぁ。わしの所為や」と古傷を持つ左足の親指が口を挟んだ。

「何でそんな傷になったんや」と左膝が聞くと

「若い時にな、慣れん力仕事してて刃物のような薄いブリキ板を落として切ってしもてん。この古傷の所為で付け根の筋が切れて力がはいらんようになってから、みんなに迷惑かけてきたように思うわ。すまんこつちゃ」

ふうっと一息入れて

「社会人になって三年目に会社が傾きかけ、無理して倫理的に問題のある商法に手を出し始めたのでこれは危ないと思い退社したんや。ブローカーしてでも飯は食えると若気の至りでうぬぼれてたが、仕事で知った人から薦められ、考え直して再就職することにしたんや。

　その小店で勤めなおすことになったが取り扱う商品を覚えるために、倉庫で加工や荷揃え作業など一年近く現場で見習いをしていた。先ずは現場からと慣れない力仕事から始めたのだが集団就職で地方から出てきた十も年下の連中にこぎ使われ、厚みが〇・二一ミリという薄いブリキ板何十枚をも持ち損ねてずり落とし、親指の付け根を切ってしもたんや。同じ鉄鋼関係の販売業者と言っても取り扱う品種はまるで違い、それまでの商品知識や人脈なんか役にたたへんのや。そこへ勤めだして一週間も経たない頃に先輩から好条件の就職口の話が飛び込んできて他の先輩にも相談に乗ってもらったりしたけど、所詮は自分で決めることと判ったんや。

　随分と悩んだが、三十歳までまだ大分ある。『苦労は若いうちにしておけ』ということわざもあるではないか。会社とは名ばかりの小さな個人商店やが、経営内容は良さそうだし、肉体労働や、就労条件など目先の条件は劣悪だが、そこで辛抱すればいずれ結果は出て来そうな気がしたので、あえてチャレンジすることに決心したんや。

　配達の助手もして得意先を覚えていったが、扱い商品が刃物より薄い０・２粍から０・32という極薄の鉄板だったので生傷は絶えなかったよ。商品を傷めるといけないので血止めはするが、医者で治療してもらうことはなかった。強く止血して化膿さえ気をつければと、後は自然治癒に任せ。今なら当然、病院にいき三針や四針は縫うであろう傷だったわ」

　左手親指も口をそろえて
「わしもそうや。爪の元が切れ、傷は治ったけど爪は割れたままやろ。うん、こんなことになるとは思わへんかったからな。医者へ行っといたら、こんなことにならへんかったかもしれへんね」

「左の手首の内側にも切り傷があったのにいつの間にか、なくなってるね。一つ間違えば静脈や筋を切ってたかも知れへん、大変やったんやねぇ」と左膝が相づちを打つ。

「そうやねん。『お前、大学出て自転車、よう乗らんのか』とか親父（社長）をはじめ、こんな奴、続かんでぇ、すぐ辞めよるでという周囲の視線を感じ、よし意地でもケツ割らんでぇと耐えてた頃やなぁ」

「そうそう、番頭見習いがぼんさん（集団就職で地方から出てきた中学卒の現場職の連中）に頭下げて、昼休みに自転車の後ろを持ってもらって練習し、三日目には手を放しても乗れるようになってたなぁ」と左手が昔話にのってきた。

　そこへ右目が割り込んできて
「お前らみんなボヤッとしてるからと違うか。仕事終わってからでもずぼらせんと病院へ行ったら良かったんや」と言った。

「そうやなぁ、時折、その時行っといたら良かったのになぁと思ったこともあったわ。そうでもなぁ亜鉛鉄板と違うてブリキ（錫メッキ）で切っても化膿せぇへん。血さえ止まったら放っといても大丈夫やと言われていたしなぁ、そんな時代やったんや」

と左足親指がボソッといった。

「そうやったなぁ、悪いこと言ったな、ごめん。あの時分は左は手も足も怪我だらけ、大変やった。それにしても右は不思議と怪我せぇへんかったのは何でかなぁ。ついこの間の火事の時も庭の飛び石で踝（くるぶし）を捻挫したのも左やろ。やっぱりおかしいで」

と右眼が弛（たる）んだ瞼を一杯に開けて言った。

聞いていた左の膝や足の太ももが

「脳に聞いてみたら、どういうやろ」

「脳も大脳の左や右やヤレ前頭葉とか訳がわからんぐらい複雑やそうやで。どこに聞いたらええんやろ」

そんな話を聞いていた脳のどこかの記憶装置（メモリー）が

「子供の頃から、手先が不器用だとか、運動神経が鈍いので徒手体操や徒競走はできたが器械体操はダメ、水泳も浮いているだけか遠泳はできてもクロールはダメなどと人からも言われたし自分でもそう思ってた」と教えてくれた。

するど「そんなの可笑しい。ちゃんと練習すれば出来たはず」と脳のどこからか電波が飛んできた。

苦笑いした古株の左足の親指は右眼に
「まぁな、右も左も得手不得手あるんやろ。助け合って仲良うするしか仕方ないんと違うか。時にお前さん右やのに医者の世話に何度かなってたなぁ」と言った。

「うん眼医者にかかるようになったのは老眼になってきたのが始めや」

「そうそう思いだしたわ。眼医者と歯医者を間違えて大恥かいてたなぁ」と歯が笑った。

「嫌なことおぼえてるなぁ。あのときはな、老眼鏡の度が合わなくなったんで大丸の眼鏡売り場で検眼してもらってレンズを変えたのにその眼鏡をかけると眼が痛くなるので。会社の近くに確か眼科医院があったのを思いだして飛び込んだんや。受付で健康保健証を出ししばらく待合室で待たされたが、その内に

『こちらへどうぞ』と看護師さんにいわれて診療室に入ったけど
『おかけ下さい』
と言われて座ったものの、何か居心地が良くないなぁと思っていると
『どこが痛むんですか？』
えっなんでと思いながら
『いや眼が痛いから……』と答えると手元の用紙に何か書いていた手を止めて驚いたように
『うちは歯科ですよ』
これにはこちらの方がなお驚いたよ。
『えっ』と声を出すと同時に椅子から立ち上がり、周囲を見渡すとまさしく歯科の治療器具に囲まれている。これは大失態と慌てて
『どうも』
と言いながら逃げるように飛び出したんや」
可笑しいなぁと首をかしげながら車に戻ると同じ並びに眼科の看板が見えた。何だよ、この慌て者は……と医院の前まで行くとなんと本日休業の看板が掛かっていた。

眼鏡が合わないとデスクワークが出来ないので困ったな、少し離れている市役所などのある隣駅前なら眼科があるだろうと車を走らせた。駅前を通り越した商店街の終わりを曲がったところにあった。眼科医院だと確認してドアを開けると玄関先には乱雑に脱がれた靴や突っ掛けが散乱して足の踏み場もない。止そうかと瞬間思ったがまた、探すのも面倒と靴を脱ぐ場所を作って待合室を見るとなんと男女ともに高齢者ばかり、その時は未だ四十代後半だったので、うわぁ、えらいところに飛び込んだなと思っている私に視線が一斉に向いた。それもそのはず。スーツを着てネクタイ締めている姿はその中ではまったく異質なものだった。

ずいぶんと待たされたが、やっと順番が来て診察室に入ると未だ三十代ではないかと思える美人の女医さん、こんな人が何故?といった感じで

「どうしました。どうぞかけて下さい」

「はい、実は老眼鏡を変えたのですが、眼が痛くなるので……」

というと

「ここに顎を乗せてまっすぐ見て下さい」

「もっと身体を前に」

「はい」と前に身体を進めるとドクターも検査機を挟んでぐいっと前に、近づいたと思っ

ている間もなく股の間にドクターの脚が入り、紅いルージュの口が目の前に急接近する。慌てて身を引くと

「何を考えてるんですか！」と叱られた。

俺はな、年に一回、医者の言うとおりに定期検査受けてたからな偶然に眼底出血してるのがわかったんや。早速、治療を受けたから良かったもんの一週間も放っておくと視力が0・2と殆ど見えんようになるのを助かってんで。その時の視力検査は正常でちゃんと見えてて何ともなかったんやけど、医者の言うとおりにしたから早期発見で大事なかったんや。

花菖蒲

一

こぢんまりした駐車場の傍に野球場が2面、その奥にはテニスコートもある広い運動公園。それに添って桜並木があり花見時は大変な人出だ。しばらく歩くと左に蓮池、右には子供の遊園設備がありそのまた奥に菖蒲苑がある。

一息入れず、心急いで咲き具合を確かめに池端に行く。手前の濃い紫の群生はちょうど見頃を迎えた様子。向こう岸の遠目に見える黄色いのも色が良さそうだ。

それだけ確かめると三つある中でお気に入りの真ん中のベンチに

「どっこいしょ」と坐り一息次ぐ。

「今日の咲きぐあいはよさそう」

「ちょうど見頃のようですね」

「あっ土手の上を駐車場横で出会ったランナーさん走ってる。毎日走っているんだろうな」

グリーンの芝生と黄色い菖蒲の彩りで映えている。

「さあ、ゆっくりしていると折角の朝露が消えてしまうよ」

「そうだわね」と腰を上げ、池の右側の遊歩道に添って噴水のある奥池に向かう。

紫、ピンクそして黄色、それも濃い色から淡い色まで沢山の種類がある。その中に交じって白いのが朝露を残し日差しにすっきりと葉脈を浮かばせて、ひときわ艶やかだ。久しぶりだなぁと足を止めて見いっていると
「どうしたの」

「う、何でもない。色んな種類がまるで咲き競っているようで……」

と遊歩道に戻り、行き交う散歩の方々と「お早うございます」と声を交わしながら噴水の方へと歩む。

一羽、二羽と白鷺が餌を求めて水際や噴水の近くでじっと水面を凝視しているのが見えてきた。この辺りに来ると山吹色や青紫それに染め分けなど変わった品種もあり少し趣が変わる。だが日当たりのせいか、この辺りはまだまだ蕾の方が多い。

電車の走る音が聞こえるところが行き当たりだ。反対の岸に廻ると先ほど通った対岸の

菖蒲が水面に写りこみ違った景色となっている。同じ花も、くの字を二つ繋いだような橋から観るとまた風情も変わってくる。

先ほどの白い菖蒲を探した。あった。角度が変わり緑の軸に白い花弁、その花弁の下真ん中に黄色い線がそして花心の先が紅色と端麗な中にも彩りよく気品が感じられ、魅とれていた。

するとー

「お久しぶり、お元気そうで良かったわ」

「おうアイリス！　素晴らしくチャーミングで見ほれていたんだ」

「ほんとう？」

「本当だよ。逢えるかなぁとずっと思ってたんだよ。逢えてよかった。抱きしめたいぐらいだよ」

「嬉しいわ。ありがとう。私も……」

と言うアイリスの声が朝露が消えてゆくのと同じようにだんだんと聞こえなくなっていった。

あっという間の出逢い、でもアイリスの姿形は瞼の奥にしっかりと残っている。今日は運が好かったんだ。

いつも少し早すぎたり、遅すぎたりするのにちょうどよかった。あと一週間が見頃かな、それにしても雨が少ないので何だか花が可哀想な気がするなと元のベンチに戻り、陽かだんだんと高くなっていく菖蒲池から白鷺が飛んで行くのをボンヤリと眺めていた。


「ね、花菖蒲の花言葉、知っている？」

「いや、知らない」

「いろいろあってね。情熱、嬉しい知らせ、優しい心、信頼、それに忍耐なんていうのもあるそうよ」

「ふ～ん、そんなに沢山あるの」

「お気に入りはどれ」

「急にいわれても、どれも良さそうで……」

と生返事しながらアイリスに出逢えた余韻に浸っていた。

さてと腰を上げ、ハッと独りなのに気がついた。


どちらも今はいない彼女とアイリスが交錯していたようだ。こうした幻想が最近ときとしてつきまとうようになっている。

今朝も夢半分と現実が交じりあって眼が覚めるた。幻覚、妄想がだんだんと増えていくのだろうか。

二

「すみません。シャッター切ってもらえませんか」

「あぁ良いですよ。どこを押せばいいの」

使い慣れない赤いコンパクトカメラを渡され、三人仲間の娘さんを被写体に花菖蒲を背景に選んでカシャ。

「これで良いかな」

「良いです。ありがとうございました」

「ところで貴女は時々ここで朝出会ってるね」

「はい、それでついカメラお願いしたんです。今日はお休みなので、此処の花菖蒲、綺麗よとこの二人を誘ってきたんです」

「あっそうなの。うん、ちょうど見頃でよかったね」

それではと別れた。

花の命は短い、見頃は精々一週間前後だ。でも梅雨が開ける頃には手前の蓮池が緑の中に赤い蕾や咲き誇る大蓮も素敵だ。


その年の晩夏に市美術館の17〜19世紀のフランス絵画展に出かけた。大作の絵画が草臥れるぐらい広い会場に次々あり興味のある画に見入っていてさて次の会場に移ろうと横を向いたら、不思議そうな顔をしてこちらを見ている娘さんがいた。

「あっ、菖蒲苑の……」

「やっぱりおじさんだった！」

「びっくりした。こんなことあるんだね」

「私もまさかと思っていました」

「で今日は一人で？」

「ええ、私、絵を観に来る時はいつも一人なんです」

「そうだったの。絵が好きなんだ」

「後、急がないのなら折角だからお茶でもしませんか？」

と地下のレトロなカフェに誘う。

「僕、山中唯司と言います」

「私は吉岡亜依です」

「そう、あいさんなんだ。見違えたなぁ。一瞬人違いかなと思ったよ。だって、すごくチャーミング、眼も輝いているよ」

「えっ恥ずかしい。いつもはスッピンなんですがここにくるのでちょっとファンデーションを使ってきたんです」

　菖蒲の時期はよく散歩に行くが暑くなると朝もそこそこ早く出かけるので時間が違うし秋になると他の緑地を歩いているので彼女と出会うチャンスがなくなっていた。

「私、学生なんです。だから夏休みや春休みにはおじさんと会うことはないんです」

「学部は？」

「教育大です。国語専攻でいま三年生なんです。絵が好きで美術専攻に進みたかったのですがあまり裕福な家と違うので……」

と話がはずんだ。

「おじさんはどんなお仕事しているんですか」

「もう定年でね。毎日は行ってないんだけど精密機械の技術屋なんでまだ少しは仕事続けてるんです。でも今まで絵を観たり音楽を聴いたりする機会がなかったので今はそちらの方を楽しんでいるんだ。どうしてこんなおじさんに感心があったの」

「公園で合うといつも『お早う』と笑顔でいってくれるので……父が早くに亡くなって、生きていたらちょうどおじさんぐらいかなと思ったりしてました」

父親を高校生の時に会社での事故で亡くし母親と二人暮らしでその母親は働いているそうだ。

「それはお母さんも大変なんだ。それで絵が好きだって」

「子供の頃からよく両親につれられて絵画展に行ってました。中学まで描いてました。小学生の頃には大きくなったら画家になるとか、この絵とても好きだから買ってとおねだりして親を困らせたそうなんです」

話がはずみあっという間に時間が経ち閉館前のアナウンスで
「あっいけない。これからバイトにいくんです」

「そりゃ申し訳ない。でコンビニか何かで」

「いえ、家庭教師してるんです」

「ほう、出来るんだ。じゃ、また会えるといいね」

「はい。私のメールこれです」

「いいの。じゃ、私のアドレスも」

「済みません。ご馳走になって」

と慌ただしく立ち去っていった。


「今日はびっくりしました。でもとても楽しい一日になりました。どうもありがとうございました」

「こちらこそ。菖蒲苑でしか会えないと思っていた貴女と思わぬ出逢いがあるとは……。また何か観たいなと思う絵画展があれば、お誘い下さい。お元気でね。see you again」

翌朝、そんなメールの交換があった。

忘れられない人

一

社会人となってから色々と多面にわたり教わり、かつ反面教師となった忘れることの出来ない人物がいる。

初めての出会いは、社用で東京に出張したおりに当時彼が住んでいた神奈川県の確か川崎だったと思うが大手製鉄会社の借り上げ社宅を訪ね、熱心に泊まっていくように勧められ、初対面でその夜一泊するなんてそれまで経験したことのないできごとだった。

出会ってからしばらく経って知ったのだが、彼は大手生命保険会社の京都支店長の時に

「浮き貸し」という違法な金融取引を個人的にしていたのが破綻して解雇され、債権者から逃れるために、長男が勤めている富士製鉄の社宅に隠れ住んでいたのだ。

そんな危険な取引をしはじめたのは、祇園などのお茶屋で取引先の接待をしていたが、その内に個人的な夜遊び女遊びに変わっていき、会社の経費ではとても賄い切れなくなり、それで御法度の「浮き貸し」を始めたのだった。

それは後日わかってきた事だが。それまでもアルコール類は一滴も飲まないが、夜遊び、女遊びは若い頃からの常習犯だったようだ。

反面、非常に賢くて初対面の人でも上手く接する能力は桁違いに優れていた。言うなれば100%保険会社向きの人物だった。


「ブリキ屋」と業界自身が名付けていた菓子缶、茶筒や石油缶などに使う錫鍍金鋼板の小店に縁ができたのは、実は彼が債権者から逃げ隠れしていた頃だった。

ブリキ屋の社長の息子が関西大倉高校を卒業し、同系の東京経済大学に進学した時、地域の協同組合の常務理事から紹介されたのがきっかけとなり、公私混同でお礼代わりに東京出張所をつくり、給料を払うことになった。

「浮き貸し」とは、金融機関の職員がその地位を利用し、自己又は当該金融機関以外の第三者の利益を図るため、私的に金銭の貸借の媒介又は債務保証をすることをいう。

「ヘソから下の人格は問わないで」

このワンフレーズが売り物で、初対面の人と会食でもするようになってくると自己紹介として必ず使っていた。聞かされた方はその場の空気を和らげるジョークとして笑って聞き流していたが、それは本音でむしろ自慢げに印象づける彼一流の世渡り方の一つだった。

麻雀好きだったが体を動かすのは苦手でゴルフは出来ない。リモコンのない時代のテレビチャンネルのハンドルを変えるのに、都度立つのが面倒で竹の先に切り込みを入れたものを作りチャンネルのハンドルに差し込み、体を動かさずに切り替えするのを、頭が良いだろうとばかりに自慢話していたが、実は僅か十メートルでも歩くのを嫌い、車を玄関先まで乗りつかせ止めさせていた。

自ら自慢げに語るスキャンダル

彼のために開設した東京事務所の頃、鉄鋼メーカーの指定問屋の資格を持った大手商社の一つ、東京通商（浅野物産）本社の電話交換手（当時は代表電話で一括し、各部署につないでいた）の聴き慣れた女性の一人を誘い出し関係をもった。それをなんの抵抗もなく、むしろ自慢げに話していた。確か二、三年、関係していたが、彼女の方から別れ話が出て「手切れ金をもらった。手切れ金を渡したことは何度かあるが、女性からもらったのは初めて！」と手放しで誰彼なしに喋っていた。

当時の大手鉄鋼メーカーは売り手市場、取引上の金銭の危険損害は一切大手商社に責任を持たせ営業とは名ばかり、そんな世間知らずを相手に、彼はマイペースで保険で鍛えた話術で上手く引きつけ、色々な手練手管で上層部まで食い込んでいった。

そして指定問屋の資格をもった大手商社の支援も得てティンプレート（錫鍍金）原板の極薄鋼板（ローモ板）の発生品を関東地区で一手に扱えるようになった。

ローモ板の用途は金属玩具の素材として都内にある十数軒のローモ板を扱う小売店に卸し販売出来るようになった。

そのお陰で彼のために借りた事務所の看板は「東京支店」となり鉄鋼メーカーの本社とのパイプは太くなった。そして業績も向上し期待していた関西地区での業界知名度も御三家と言われていたライバル同業他社にいよいよ迫れるようになっていった。

自宅も息子の社宅暮らしからマンションにと変わっていたが、それにつれて「浮き貸し」

の被害者に居所がバレ、事情を話して、長期分割で返済することになった様子だった。

二

東京支店の業績が少しずつ安定してくると早速、永年身についていた遊び事の芽が復活してきた。

業績が良くなってきたと言っても小企業の支店長、給与所得は限られており、夜逃げしてきた借金は二の次、ローモ板の小売店数社とサークルをつくり、一滴も飲めないのに懇親会をつくり、やがてそれが体内に圧縮されてきた遊び心、女遊びを再燃させるきっかけになっていった。

「浮き貸し」で問題を起こした四十年不況（証券不況とよばれた）から抜けだし「いざなぎ景気」と戦後の統制経済から自由化が始まる前後の頃だった。

支店長の身分ではそんなに遊べないので、先ずは売値を下げ（会社の利益はそのぶん減る）客先からリベートをもらいだしたようだった。

丁度輸入の自由化から続いて国内生産が始まり、屑値で半製品や不良品が放出され、有利な商いができ、本社にバレずにすんでいた。

小売店サークルで関西旅行する企画をし、大阪本社のコイルセンター見学は建前、本音は京都観光と祇園遊びが狙いのようだった。

上野駅を降りて東京に住み着き、成功した東北出身の連中ばかりを連れて祇園甲部のお茶屋「梅八重」へ、女将さんや馴染の芸者衆と再会、それを汐に大手鉄鋼メーカーの接待に使うようになっていった。

祇園で遊べてもさすが女好きの方は無理で、月一度、大阪本社での会議の後、ナイトクラブのホステスなど、他で相手の女性を見つけては手を出し始めていた。

仕事の面では、大阪本社のコイルセンターや事務での若手社員の採用に、教育図書出版会社に務めていた親戚のコネで紹介してもらい、北は北海道、また四国からと中学、高校の新卒者の採用に成功し、また次男が高卒で東京都庁に務めていたのを友人二人と辞めさせ二人は大阪に次男は東京に務めさせた。

大阪へ来た二人の一人で事務所勤務で算盤が上手いと売り込んできた男は経理を担当さ

せたが、麻雀と算盤は抜群に上手いが経理知識は皆無で使いものにならないとの苦情が出て営業担当に変えたが、得意先廻りをサボり、河川敷のゴルフ場や映画館に行っているのがわかり四、五年で退社した。もう一人の若者は大人しく経理の業務を身につけるため夜学に通う位で晩年まで真面目に働いていた。

「組織には派閥が出来るが、それが会社のマイナスになることが多い」

と彼はよく言っていた。

なるほどそうだと納得していると後から入社した者が育つ間を待って数年経つと古株を牽制し始めた。自らの縁で採用した者達を大切にし、いずれ自身関連で採用した者達一色にしようと考え人事を図っていたのだ。

「お早うございます」

これがちゃんと言えないのはダメ、例え相手が無視しても、顔を合わす毎に笑顔で挨拶すると、必ず反応が出る。直ぐに明るい表情で返って来る人から無言で会釈する人まで多士済々だが、それにもう一言添え、「寒くなりましたねぇ」など一言添えられるようになると、やっとそれが一人前の社会人だと社員によく言っていた。

なるほどそうだとそのアドバイスを参考に、知らない人、初めての人に一言、季節の言葉を話せるようになると、確かに人間関係はよくなる。

やはり生保でトップセールスをしていただけに人の心をつかむ術は素晴らしく営業社員は勿論、みんながすこしずつでも身につけ実行するようになっていった。

また訪れた銀行員が

「お宅の社員さんは、皆さんしっかりご挨拶してくれますね」

お世辞にしても褒めてくれるようになっていった。

そして小売りのブリキ店から名実ともに製鉄メーカー系列の指定問屋と業績を伸ばしていた。

だが製造業相手の商品知識や人間関係を作るのには生保関係のようにはそう簡単にいかない。年数をかけねば出来ない面も出てきた。

そんなときでも女好きはやまず、仕事が終わると麻雀のない日には新しい相手を見つけ楽しんでいた。

一方、成り上がりの店主（社長）は公私混同、事務所の二階が住まいだったのを、東大阪の山手の中腹三百坪ほどの土地を買い、立派な二階建ての自邸を建て移り住んだ。皮肉なもので一年後に取引先の缶メーカーが手形不渡りで倒産した。取引銀行はそれを期に貸し出しを締め付けだし、資金繰りが苦しくなり、同業者の甘言に乗り融手（事実上の取引がない融通手形）に手を出し始めた。そこまで本社の事情を知らない彼にとっては大きなハプニングとなる。

三

東京支店の業績が少しずつ安定してくるが、そこへ
「主要得意先の倒産により資金繰りが悪化しているようだ。今後、どんな対策が出来るのか、相談したいので至急、来阪して欲しい」
と大阪本社の営業担当専務からの連絡があった。
早速、本社に来て実情を詳細に調べ、指定問屋の大手商社独自ではとても了解しての資金援助は期待できない事がわかり、対策としては大手鉄鋼会社が新規部門の大事な製品販売ルートの一つとして是非必要なので、救済して欲しいと後押しして支援してもらうこと以外に打つ手はないとの結論になった。

商社も製鉄メーカーも本社は東京、大阪支店を経由すると時間がかかるだけと鉄鋼メーカーへの支援要請は東京支店長に任すことになった。

「ただ、一任されても社長の個人資産までにおよぶ可能性があり、それも承知でのことですね」

と過去、生保時代に体験してきた彼はぬかりなかった。

当時、新製品（ティンプレート）を同業他社に遅れて生産した鉄鋼メーカーにとって、他社製品を扱わない、自社製品だけを販売する指定販売店は貴重な存在なので、大手指定商社に資金支援を要請する可能性は高かった。

大手商社の経理・審査部門から反対もあったが、製鉄メーカーの圧力で支援することになり、一任された東京支店長が後任社長に、そして商社から副社長が出向することで、ようやく破綻は免れた。

彼にとってはピンチがチャンス、思わぬかたちで代表取締役社長に就任した。

しばらくは東京住まいのまま、大阪で長屋の一軒を借りていた。仕入れ関連はこうしてなんとか軌道に乗ったが、関西での客先、製缶会社などとの接触はそれまでまったくなかったので、永年培ってきた人間関係に欠け二、三年は得意の一見客（いちげんきゃく）相手の商法は素人通じず、むしろ警戒され在阪の営業幹部に任す他なかった。

その間は社用として経費で処理出来る製鉄メーカーへの接待だけで販売先との夜遊びが出来るのには年月がかかった。その間は「ヘソから下」の楽しみは、東京で知りあった女性を連れ出して満足していた。

また社長になったといっても経営ピンチの会社、商社から派遣されている副社長の眼もあり、給料も接待費用も自ずと制限され、そうそう夜遊びの金づるはなく、もっぱら夜遊びは東京中心となっていた。

四

思わぬチャンスに社長となったが、しばらくは「ヘソから下」はお預けの年月があり、やっと数年後、景気に乗って収益も伸びてきた。そこで生保時代の不始末（浮き貸し）の負債を会社からの貸し出しのかたちでケリをつけたかったが、先任の専務や経理担当、その上に商社から派遣の副社長が承知するわけもなく、みずから採用した連中を大切にし、その反面事情を知っている先任者を理由をつけては配置転換などで嫌がらせし、最後には営業担当の専務や課長をそそのかし理由をつけて排除し出した。

販売担当の課長は上手く勧められて独立した。また一番目障りな専務を、新らしい製缶会社設立を支援していた大手得意先の営業・資材担当の人物が、突然急死したのをチャンスとみて、その後任に専務を指名、当人も社内で閑職におかれているよりもましかと了解し、系列の製缶工場の社長をひきうけた。

これで煙たい存在は商社派遣の副社長だけ、それも年月が経つと退職金を貰ったOBに変わっていき、主要役員や社員は子飼いばかりになっていったので、管理監督は形ばかり、中には、社長の悪事を感じ、理由をつけて退社した商社派遣の副社長もいた。それからは言わばしたいしたい放題、永年の負債は会社からの借入金で返済、決算毎ごとに経費として処理でき、生保時代の不始末を解消させていた。

当然のことのように「ヘソから下」もおおっぴらになり出し、祇園通いと素人女性をたけたテクニックで誘い込む遊びがよみがえっていった。

景気の落ち込みで銀行の貸し出し引き締めの時代に入ると大手商社の系列会社にも影響が出はじめ商社の監査が厳しく銀行からの多額の借入金の金利負担も経営悪化の一因となり、退任を迫られ、なんとか在社役員になっていた次男を跡継ぎにする条件で妥協し引退した。

退職後もともと一歩も歩くのが苦手な人の一人住まいはそう長く続く訳もなく自宅を手放し集合住宅の一部屋で過ごした後、長男の嫁が経営参加している病院で他界した。

戦後生活社会にたいする大切な証言

――「光陰矢の如し」に寄せて

倉橋 健一

中野治朗さんは、戦後一九四七年(昭和22)に施行された六・三・三・四制による新しい学制による改革時に、関西学院で大学生活を送った人。当然のことながら、中学(旧制)時代には学徒動員で工場生活も経験している。長寿社会になったが、さすがにこの体験世代になると、健在な人はほんとうに少なくなってしまった。中野さんはそのなかにあって、今日にいたるまで個人紙としてのミニ新聞「今、私は」を65号まで出しつづけ、趣味の写真の分野では、昨年十一月地元の八尾市文化連盟から年度文化功労賞も受賞している。独特な里歩きによる自然撮影が中心だが、二科展などにもなんども入選しており、素人の域をこえて、その眼差しはどこか人恋しさも漂ってやさしさに満ち、振幅度も広く、この本とも恰好の対(つい)となろう。

私が出会ったのは、もう20年近くも前、大阪府八尾市の「八尾文章クラブ」という、現在も続いている自主学習グループだが、今、関西学院と中野さんの出身校をオモテに出したのは、たまたま私は一九六〇年代から七〇年代にかけて10年近く、この関西学院大学新聞の懸賞小説の選者のひとりを務め、多くの学生たちとの交流があったからだ。ついでながら、この本の版元もこの懸賞小説に応募した文芸部のOB。おまけにこの中野さん自身もかつては籍を置いたとあっては、これはもうどこか奇縁に通じると思ってしまうしかない。それだけに時代の証言集としても一冊にまとめられることは、私は早くからひそかに願っていた。それが実現して率直にうれしい。そう思ってゲラ刷りを読みすすめていると、毎月の例会で短文で接触しているときとはまるでちがう、しっかり史的バックボーンが丹念に書き込まれていることにあらためて気づかされる。

その軸になっているのは、二つ目のパートの「若き日のひとこま」である。こんなふうに書き出される。

「二度目に就職した店は株式会社とはいえ実質的には小さな個人商店だった。昭和28年、丁度テレビがこの世に出現した頃だった。ということは25歳、他にも話はあって散々迷ったあげく、一番辛そうで条件も世間体も良くない店を選んだ。」

ここのところは、「身体の対話」の「社会人になって三年目に会社が傾きかけ、無理して倫理的に問題のある商法に手を出し始めたのでこれは危ないと思い退社したんや。」と、友人と語るところとかさなる。昭和28年といえば、日本が占領下から脱してようやく独立を取り戻した翌年で、手元の年譜には、27年の秋には、ときの池田通産相は、中小企業の倒産・自殺やむなしと失言して辞任に追い込まれる、とあるなど、戦後の生活苦の余焔のまだまだある時代であった。

中野さんはこの「錫メッキ板」(ブリキ板)をあつかう個人商店で、文字通り商品をおぼえるための倉庫暮らし、得意先をおぼえるための配達暮らしと、ひと昔前の丁稚奉公まがいの多忙な仕事生活をはじめる。当時、この種の零細企業では休日も週休などまだなく月二回、お盆や正月も三日だけと、労働基準法などまだまだ無視の状態だった。主人としてはそれでも将来を見込んで大学出をとったのだろうが、それにしても「中野さん、ようしんぼうするな」と読んでいてあきれるほど我慢づよい。我慢づよいだけでなく、そこに描き出される社長夫妻の人柄など、いかにもひと昔前の浪速商人たっぷりで、読んでいてなんともいえず生き生きしている。というより、表現が細部に亘って、さらに当時この業界にまだ残っていた国の統制経済下の動き(こうなるとまさに中野さんの出番になっている)など、この種の動きも、こうした零細企業の立場から見つめている点、時代相のとらえ方としても、きわめてユニークで貴重といってみるしかないだろう。

実をいうと、教室で逢う中野さんは、どこかに関学ボーイの面影を思わせる人のいい品性を残して、とても肉体労働には耐えられそうもない人に思ってきたが、この本に収められている文章を読んでいるうちに、随所で私の印象もすっかり変わった。おかげでこの本、たんなる体験談を越えて、昭和三〇年代の高度経済成長期に入る一歩手前の大阪の商業社会を、低処（ひくみ）から見事なまでに浮き彫りさせる結果となった。自分史からはみ出た時代相を滲ませた自分史といっていいだろう。ひるがえって、冒頭の「貞子」などは、中学校出のひとりの女事務員をめぐっての職場結婚の顛末記だが、これなど今の若い人ならなんと思うだろう。私は、結局はこの二人、結婚してのち自立し、その会社をりっぱに成長させたのだからめでたしでたし。このあたり黒子に徹した中野さんのふたりからのたよられ方も面白い。ここでも人柄がにじみ出る。

　こうして、このエッセイ集、後年の写真生活をまじえた生活スナップの数々をふくめて、どこかはかないまでに生きること生活することをいとおしむ佳麗な一冊になった。それにしても「朝の体操」以下におさめられた、ちょっとしたエピソードの拾い方などもひとつひとつが面白い。若い頃の新聞部部員を彷彿させる。

　中野さん、いくら生きても生き過ぎるということはないよ。まだ足りぬ、さらに明日へ。

二〇二〇年収穫月（メシドール）

著者略歴

中野治朗（なかの じろう）

1928年 大阪市北区で出生

1948年 関西学院理工専門部工業経営科卒業

法学部法律学科3年に編入

1950年 関西学院大学法学部卒業

現住所 大阪府八尾市小阪合町1-6-29

光陰矢の如し――中野治朗作品集

二〇二〇年八月十日発行

著　者　中野治朗

発行者　松村信人

発行所　澪　標（みおつくし）

大阪市中央区内平野町二‐三‐十一‐二〇二

ＴＥＬ　〇六‐六九四四‐〇八六九

ＦＡＸ　〇六‐六九四四‐〇六〇〇

振替　〇〇九七〇‐三‐七二五〇六

印刷製本　株式会社ジオン

ＤＴＰ　山響堂 pro.

定価はカバーに表示しています

落丁・乱丁はお取り替えいたします